영어 울렁증, 엄마가 해냈다!

엄마표 영어 완전 정복

영어울렁증, 엄마가 해냈다!

엄마표 영어 완전 정복

김윤경 지음

뱅크북

들어가는 글

엄마표 영어로 내 아이를 키웠다.

특별한 재능이 있거나 뛰어난 인내심이 있는 엄마도 아니었다.

한국에서 영어를 배웠고 한국식 문법과 독해를 공부하는 것이 익숙했다. 영어 말하기를 하는 것은 늘 불편하고 자신이 없었다. 하지만 모든 것은 엄마니까 용기를 내고 이겨내어야 했다.

영어를 가르치는 일을 해오고 있다. 그래서 오해할 수 있다. 영어 잘하니까 당연히 자기 아이 영어도 잘 가르쳤겠지. 내가 하는 일은 아이들의 영어를 가르치는 것과 다르다. 어린아이들을 가르쳐 본 적이 없었기 때문에 어디서부터 어떻게 시작해야 할지 알 수 없었다. 더군다나 내 아이에게 영어를 가르치는 일은 생전 처음 있는 일이었다. 다른 엄마들과 다를 바 없었다. 아무도 내 상황을 이해해 주는 사람들이 없어 답답했다. 사람들의 시선들이 불편했고 나는 초라했다.

모든 것을 새롭게 처음부터 배워나가야 했다.

내 아이를 가르치는 것은 내가 기존에 배워서 알고 있던 영어라는 것을 다르게 해석하는 작업이었다.

글로 책으로 배웠던 영어를 몸으로 행동으로 가르쳐야 했다.

머리로 이해하는 영어를 해왔던 방식들은 내 아이에게 통하지 않았다.

내 아이에게 영어를 가르치려고 시작하는 순간, 모든 것은 몸으로부터 시작한다.

5분이라도 아이와 열정적으로 몸으로 놀아준 기억이 있다면 얼마나 어려운 일인지 알게 된다. 아이와 함께 몸으로 장난치고 노래하는 일을 영어로 하는 것이 엄마표 영어의 시작이다.

두려운 것은 영어 실력이나 발음이 아니라 아이와 얼마만큼 즐겁게 함께 할 수 있느냐의 문제였다.

쉽지 않았지만 꾸준하게 했다.

엄마표 영어에 대한 정보나 지식은 이제 널려 있다. 구하고 싶으면 얼마든지 구할 수 있는 시대다. 정보가 없어서 자료가 없어서 못한다는 말은 통하지 않는다. 그래서 이 책에는 몇 살에 무슨 책을 하고 다음 단계는 무슨 책이 좋은지에 대한 자료를 넣지 않았다. 무슨 책이 좋은지 어디서 무슨 정보를 얻어야 할지 엄마들이 더 잘 안다. 인터넷만 뒤져도 어마한 정보는 쏟아진다. 엄마표 영어는 누가 더 많은 정보를 가지고 있고 누가 더 많은 책을 쟁여 놓았는지로 성패가 나지 않는다. 얼마나 매일 지속적으로 하느냐에 달려있다. 엄마의 실력과 재능에 있는 것이 아니다. 엄마의 마음에 달려있다.

바쁜 엄마였다. 남편의 사업이 힘들어 강제로 많은 일을 해야 하는 상황이었다. 쉬는 날도 없고 명절도 없이 했다. 몸은 피곤하고 틈만 나면 자고 싶었다. 내 아이는 친정엄마가 키워주셨다. 아이와 많은 시간을 보내지 못해 늘 아쉬웠다. 아이와 손잡고 마트도 가고 놀이터에서 해 질 때까지 놀아주고 싶었다. 다른 엄마들의 평범한 일상이 부러웠다. 돈을 벌고 바쁘게 살고 있었지만, 마음은 허전했다. 그런 나에게 엄마표 영어는 마른 땅의 단비 같은 존재였다. 엄마표 영어를 하기 위해 시간을 쪼개 아이와 함께 시간을 가질 수 있었기 때문이다.

내 아이에게 영어를 가르치기 위한 고민을 하고 함께 해보는 시간은 일상을 새롭게 볼 수 있는 계기가 되었다. 고단하고 힘들었지만, 아이와 영어를 배워나가면서 웃고 울었던 추억이 생겼다.

6

아이와 함께 노래 부르고 춤추고 같은 책을 읽으며 서로의 감정을 나누었다. 영어는 놀이였고 생활이었다. 엄마로서의 부족한 자질을 만회할 기회였다. 그래서 포기하고 싶지 않았고 힘들어도 놓고 싶지 않았다.

어느새 아이는 중학생이 되었고 영어 말하기를 두려워하지 않는 아이가 되었다.

엄마표 영어는 나의 성장을 가져다주었다.

중학교에 들어가면서 접했던 영어라는 과목은 어렵고 재미가 없었다. 영어 수업 첫날 황당하고 부끄러운 경험을 한 뒤로 영어 울렁증이 생겼다. 어떻게든 영어는 피하고 싶은 존재였다.

엄마표 영어는 영어 울렁증 엄마의 도전이었다. 나의 한계를 넘어 보는 세상 어려운 도전이었다.

하지만

매일 듣고 따라 말하고 노래하고 춤추다 보니 자연스럽게 영어가 즐거워지기 시작했다. 내 실력이 일취월장하지는 않았지만 매일 하다 보니 나도 조금씩 발음이 나아졌고 귀가 열리기 시작했다.

마흔이 넘어 혼자 미국 연수를 떠날 수 있는 용기를 얻었고 대학원 영문학과에 진학해서 공부도 해볼 수 있었다. 엄마표 영어가 아니었다면 생각하지도 못했던 일들이었다.

지금은 동네에서 내 또래 아줌마들을 서너 명 모아 영어모임을 하고 있다. 영어 회화할 때도 있고 영어책을 읽을 때도 있다. 내용은 그때그때 달라지기는 하지만 꾸준히 영어를 하고 있다. 엄마표 영어를 하던 경험을 나눠주기도 하고 다른 사람의 경험을 듣기도 한다. 실력도 다르고 이유도 다르겠지만 모임을 통해 사람을 만나고 정을 나누고 있다. 그래서 엄마표 영어는 지금도 이어지고 있다고 할 수 있다.

엄마표 영어는 아이와 많은 추억을 만들어 주었고 힘든 상황들을 견디는 힘이 되어주었다. 내가 포기하고 살았던 것들을 다시 도전하게 할 수 있는 용기를 주었다.

지금 엄마표 영어를 할지 말지 망설이고 있다면 당장 시작하라고 하고 싶다.

아이의 영어뿐만 아니라 엄마의 성장을 위해서 시작하라고 하고 싶다.

차 례

들어가는 글   4

제1장 엄마표 영어의 시작

1. 영어 울렁증의 시작   16
2. 영어는 어려워   22
3. 영어 트라우마 정복기   27
4. 벤처 창업가 남편   33
5. 인생의 전환점   38
6. 엄마표 영어 첫날   44
7. 남편의 동의   50
8. 친정엄마 집으로 달려라   55

제2장 아이와 함께 하는 엄마표 영어

1. 영어는 가르치는게 아닙니다   64

2. 다른 거 집어치우고 춤추고 노세요   69

3. 뉴욕 여행   74

4. 지루할 땐 고구마 빵 만들기   81

5. 가르치지 말고 함께 놀기   86

6. 다 함께 성장하기   91

7. 온 가족이 함께하기   96

8. 유치원 발표회   101

9. 미국 가서 살꺼야   106

제3장 엄마표를 위한 필수품

1. 열정을 가져라   114

2. 인연을 만들어라   120

3. 삶의 고단함을 잊게 하는 엄마표   126

4. 동료를 만들어라   132

5. 아이의 취향을 존중하라   138

6. 영어 말하기대회 참가   144

7. 아이와 함께 공부하고 성장하려는 마음   150

8. 내가 원하는 것을 하라   156

9. 나를 시험하라   162

제4장 완전 정복 엄마표 영어

1. 엄마표 영어 성공기   170

2. 엄마표 영어 어렵지 않아요   176

3. 알파벳 가르치기   181

4. 파닉스에 목매지 마라   187

5. 실패라고 생각할 때   192

6. 습관이 실력이다   198

7. 엄마는 강하다   203

8. 엄마표 영어 이것만 해도 된다   208

제5장 쉽게 시작하고 즐겁게 완성하는 엄마표 영어

1. 쉬운 게 최선입니다   216

2. 즐거운 영어가 핵심입니다   222

3. 발음이 어렵다면   227

4 영어 회화 실력이 빵점이라면   233

5. 잠자기 전 시간을 활용하라   239

6. 남편을 지지자가 되게 하라   244

7. 뒤늦게 공부하는 엄마   250

8. 모임을 만들어라   256

마치는 글   261

제1장

엄마표 영어의 시작

1. 영어 울렁증의 시작

중학교에 진학하면서 반 편성 고사를 보았다. 요즘처럼 참고서가 다양한 것도 아니었다. 크게 중요한 시험도 아니었다. 별 신경을 쓰지 않았다. 반 편성 고사 날짜를 달력에 표시해 놓지 않았더라면 아마 모르고 지나갔을 일이다.

반 편성 고사 날이 되었다. 같은 중학교에 배정받은 친구들과 시험을 치러 갔다. 중학교는 초등학교보다 훨씬 커 보였다. 중학교 교문을 들어서면 운동장을 가로질러 한참 계단을 걸어 올라가야 교실이 있는 건물을 만나게 된다. 초등학교보다 운동장도 넓고 건물은 낡았지만 웅장해 보였다. 교실이 있는 건물에 들어서면 기다란 복도가 있다. 복도 옆으로 교실들이 나란히 줄지어 있었다. 그 교실 중에 한 교실로 들어갔다. 내 이름이 표시된 책상을 찾아 앉았다. 내 몸집보다 훨씬 큰 책상에 앉으니 한 선생님께서 시험지를 건네주신다. 웃음기 하나 없이 엄격한 표정의 선생님이 낯설고 무서웠다. 함께 웃고 장난치던 6학년 담임 선생님과 분위기가 사뭇 달랐다. 중학교 선생님의 표정에 마음이 서늘해졌다.

'중학교 선생님은 무섭고 엄격하시구나.'
낯설고 긴장이 되어 시험은 치는 둥 마는 둥 한 것 같았다.

시험이 끝나니 긴장했던 마음이 조금 풀렸다. 하지만 걱정이 되기 시작했다. 학교도 낯선데 선생님들까지 엄하다니 적응이 쉽지 않을 것 같았다. 나는 말수가 적고 소심해서 새로운 환경에 빠르게 적응하지 못하는 편이다. 초등학교 다니면서 수업 시간에 손을 들고 발표를 한 적이 손에 꼽을 정도였다. 남 앞에 나서서 무엇을 하는 것은 부끄럽고 어려운 일이었다. 그러한 성품 때문에 말썽을 피우거나 선생님께 야단을 들은 적이 없다. 오히려 너무 조용해서 걱정할 정도였다.

긴장된 마음으로 중학교 첫 수업을 기다리고 있었다. 담임 선생님이 들어 오시자마자 내 이름을 부르셨다.

"김윤경 어디 있지?"
"저어, 여기 있는데요."

기어들어 가는 목소리로 간신히 대답했다. '갑자기 나를 왜 찾으시는 거지?'

"임시 반장 김윤경이다. 새로 반장을 선출할 때까지 임시 반장 말 잘 듣길 바란다."

'내가 왜 임시 반장이지? 나 반장 같은 거 안 하고 싶은데.' 소심해서 초등학교 내내 반장을 해본 적이 없었다. 친구들 앞에 나서길 좋아하는 성격도 아니었고 감투 쓰는 것에 욕심도 없었다. 운이 좋았던 모양이다. 반 편성 고사를 어설프게 잘 보는 바람에 반 1등을 하게 되었다. 각 반의 1등은 임시 반장으로 정해지는데 내가 우리 반 1등이었고 그래서 임시 반장이 되었던 거다. 누군가에게 별일이 아니었을 일이다. 누구에게는 간절히 바라던 일이었을 지도 모른다. 하지만 나에게는 원하지 않았던 생각지 못한 부담스러운 일이었다.

중학교 첫 영어 시간이었다. 영어 선생님은 나이가 아주 많으신 할아버지 선생님이셨다. 몇 가닥 없는 머리카락과 눈썹이 하얗게 세어 있으셨다. 마치 산신령님 같았다. 기운이 없으신지 목소리는 너무 작아 잘 들리지도 않았다. 무섭고 엄해 보이는 선생님은 아니어서 다행이었다. 하지만 나이 많으시고 힘도 없어 보이시는 할아버지 영어 선생님의 수업은 별로 재미가 없을 것 같았다.

영어는 중학교에서 새롭게 배우는 과목이다.

영어라는 과목을 그날 처음 접했다. 영어는 중학교 입학 전 숙제로 알파벳 대문자와 소문자를 노트에 써 본 것이 전부였다.

아주 잘생긴 젊은 남자 영어 선생님까지는 아니더라도 이렇게 할 아버지 영어 선생님을 상상하지 못했다. 갑자기 영어 선생님이 들릴 듯 말 듯 한 작은 목소리로 임시 반장을 찾으신다. 순간적으로 놀라 가슴이 덜컥했다. 꾹 참고 아무렇지 않은 듯 내 자리에서 일어섰다. 영어 선생님께서 말씀하신다.

"반장 교실 뒤로 나가."
"이제 내가 영어로 말하는 대로 동작해본다. 너희들은 잘 보고 있으면 된다."

갑자기 이게 무슨 말인가? 나는 알파벳 대소문자도 겨우 구별할 줄 아는데 무슨 영어를 듣고 동작을 하란 말인가? 부끄러웠지만 일단 교실 뒤쪽으로 가서 서 있었다.

교실 뒤에 우두커니 서 있던 나에게 갑자기 무슨 말은 던지셨다.
난생처음 들어본 영어는 외계어에 가까웠다. 내가 전혀 알아듣지도 이해하지도 못하는 언어였다. 어떤 행동을 하라는 명령이었지만 나는 그 자리에서 전혀 움직이지 않았다. 내가 알아듣지 못하는 것을 아셨는지 선생님께서는 손을 들어 문을 열고 나가라는 동작을 하셨다. 선생님의 동작을 읽고 교실 뒷문을 열고 밖으로 나갔다. 또 한참을 알아듣지 못해 밖에 서서 눈치만 보고 있었다. 선생님의 안으로 들어오라는 동작을 보고서야 겨우 교실 안으로 들어갈 수 있었다.

그 뒤로 몇 번이고 영어로 명령을 하신 것 같았지만 알아듣지 못한 나는 갈팡질팡만 했다. 선생님도 한참을 참으시다 한숨을 '푹푹' 내 쉬셨다. 내가 생각처럼 움직여 주지 않은 것이 답답하셨다는 투셨다. 뒷문을 열고 그냥 집으로 가버리고 싶었다. 영어를 알아듣지 못해 답답했다. 엉거주춤하는 내 모습이 싫었다. 나를 보고 웅성거리는 친구들 앞에서 사라지고 싶었다.

"반장이 이런 거 하나 못 알아들어서 되겠어?"

영어 수업은 끝이 났지만 반 친구들 앞에서 선생님이 하신 말씀은 두고두고 가슴에 남았다. 그 후로 영어 선생님은 수업 중에 나를 부르지 않으셨다. 부끄러움과 모멸감에 영어 선생님과 눈도 마주치지 않았다. 영어 과목이 들어 있는 날은 첫 교시부터 내내 긴장이 되고 집중을 할 수가 없었다. 영어는 좋아할 수 없는 과목이 되어 버렸다. 중학교 학창 시절 내내 영어는 어렵고 힘든 과목이었다. 영어만 생각

하면 괜히 머리가 아프고 가슴이 답답해진다. 영어에 대한 울렁증은
그렇게 생겨났다.

2. 영어는 어려워

임시 반장에서 반장이 되었다. 숫기도 없고 부끄러움이 많던 내가 진짜 반장이 되었다. 솔직히 반장감도 아니었고 하고 싶지도 않았다. 누가 누군지 제대로 알 수 없는 학기 초라서 임시 반장이던 나는 큰 힘 들이지 않고 반장이 되었다. 반 친구들은 나를 특별히 반장으로 염두에 두고 있던 것은 아니었을 것이다. 다른 반장 후보들에 비해 친숙하고 만만해서 나를 선택했을 것이다.

알파벳만 겨우 알고 중학교에 입학하였다. 영어를 미리 접해본 친구들은 영어 인사말 정도를 할 수 있었다. 그래 봐야 나와 수준이 크게 차이 나는 정도는 아니었다. 나의 할아버지뻘 되시는 영어 선생님은 영어를 진지하고 어렵게 가르치셨다. 목소리는 작아서 자세히 듣지 않으면 잘 들리지도 않았다. 점심시간 직후에 영어 수업이 들면 잠과 싸우느라 괴로웠다. 수업에 열의가 없는 학생들은 대부분 졸거나 딴짓을 하는 시간이었다.

나만 유독 편하게 졸지 못하는 시간이었다. 영어 수업 첫날 당황스러운 일을 겪고 나서부터였다.

'제발 친구들 앞에서 시범 보이는 것만 시키지 않으셨으면 좋겠는데' 늘 이런 생각을 하며 긴장과 불안으로 힘든 시간이었다.

영어 선생님은 내년에 정년을 앞두고 계셨다. 올 한해만 지나면 집에서 일없이 편안하게 쉴 수 있게 되신다. 굳이 남은 일 년을 힘들게 보내실 필요는 없으셨다. 영어 선생님은 활기라고는 없으셨고 열정도 없어 보이셨다. 그래서인지 영어 수업은 언제나 지루하고 시간은 잘 가지 않았다. 학교 공부에 욕심이 많아 수업 시간에 졸지 않는 나에게도 영어 시간만큼은 힘들었다. 그래도 졸지 않고 버티려고 온갖 행동을 다 했다. 연필로 손바닥을 찔러 보기도 하고 일부러 짝에게 등을 때려 달라고 하기도 했다. 그래도 잠은 쉽게 달아나지 않았다.

영어 수업 첫날 영어를 잘 알아듣지 못해 낭패를 본 것 이외 다른 일은 일어나지 않았다. 공부를 열심히 하는 것은 당연하다. 공부를 잘해서 가난을 탈출하고 싶은 의지가 있었다. 그래서 잠이 와도 지겨워도 참았다. 반 친구들 모두가 졸거나 딴짓을 해도 수업을 들었다.

그런 나의 모습은 당연히 영어 선생님의 눈에 들게 되었다. 아무도 집중하지 않는데 열심히 수업을 듣는 학생을 선생님들은 좋아하지 않을 수 없었을 것이다.

그때부터 영어 선생님은 수업 내내 나의 얼굴만 쳐다보고 수업을 하셨다. 다른 학생들과 눈을 맞추려고 해도 엎드려 있거나 졸고 있어 불가능해 보였다. 조금 지나자 영어 선생님은 반장만 쳐다보고 수업하신다는 것을 다른 친구들도 알게 되었다. 그게 소문이 나자 다른 친구들은 아예 대놓고 엎드려 자기 시작했다.

영어 시간 내내 수업을 혼자 다 하실 수 있으실 만큼 체력이 좋지 않으셨다. 그래서인지 영어 시간은 다른 과목에 비해 유난히 시험이 많았다. 수업은 이십 분 정도 하시고 배운 것을 복습하라 하시고는 시험을 치게 하셨다. 단어 시험처럼 간단한 시험을 보기도 했고 어떤 날은 수업 시간 내내 시험만 보기도 했다. 쪽지 시험, 영어 퀴즈, 단원평가, 형성평가 등 갖가지 다양한 시험을 쳤다. 시험을 자주 본다는 것은 말할 수 없는 스트레스다. 수업은 재미없었고 시험만 자꾸 쳐서 스트레스만 쌓이는 과목이 영어였다.

영어단어 시험을 잘 보기 위해 학교를 오갈 때 작은 수첩을 들고 다니며 외웠다. 수첩을 보면서 걷다가 길을 잘못 들기도 하고 지나가는 사람과 부딪치기도 했다. 외우고 또 외웠다. 단어 시험을 잘 보고 싶어서 엄청난 노력을 했다. 대부분은 특별히 높은 점수를 받지는 못했다.

'역시 해도 해도 부족하구나.' 엄청난 노력을 했지만, 결과는 만족스럽지 못할 때가 많았다.

영어 수업에서 영문법은 많은 부분을 차지한다. 영어문장을 가지고 주어와 동사를 쪼개고 목적어와 보어를 찾는다.

'아, 영문법은 도대체 누가 만든 거야? 단어 외기도 어려운데 이건 더 이해가 안 되잖아.' 이런 생각이 들면 졸리기 시작한다. 근데 졸 수 없다. 학기 초부터 영어성적을 잘 받고 싶은 마음에 졸지 않고 열심히 들었던 탓이다. 선생님은 내 얼굴만 쳐다보고 수업하신다. 그런 상황에 어떻게 졸 수가 있단 말인가? 괜히 성적에 욕심을 내었다는 생각이 들었다. 나도 그냥 똑같이 졸아야 했었다. 뭐 하러 그렇게 설쳐 댔는지 후회가 되었다.

나에게 영어는 시간을 많이 필요로 하는 과목이었다. 상위권 성적을 유지하기 위해 노력과 공을 영어에 들였다. 밤늦게까지 자지도 못하고 어려운 영어와 씨름해야 하는 것은 고통스러웠다. 성적을 잘 받기 위해 억지로 공부했던 과목이 영어였다. 지루하고 어려운 영어라는 과목을 도무지 좋아할 수가 없었다. 차라리 다른 친구들처럼 졸거나 다른 짓을 했더라면 그렇게 지겹지도 않았을 것 같았다. 지루하고 졸리는 것을 참고 얻어낸 것은 높은 점수가 아니었다. 수업 내내 나만 바라보는 나이 든 영어 선생님의 고정된 시선이었다. 그리고 다른 과목보다 한 참 못 미치는 영어성적이었다. 이미 나에게 그때 가장 싫어하는 과목이 영어가 되어 있었다. 제일 자신 없는 과목도 영어가 되어 있었다. 평생 영어 때문에 괴로울 것 같은 생각도 들었다.

3. 영어 트라우마 정복기

대학교 4학년 졸업을 앞두고 토익시험을 쳤다. 점수가 그렇게 낮지 않았다. 토익 고득점을 받으면 취업에 유리할 것 같아 집 근처 학원을 등록했다. 공부 머리가 있거나 재능이 있다고 생각하지 않았기 때문에 늘 성실히 하려고 했다. 토익 공부도 마찬가지였다. 학원 수업 시간보다 일찍 도착해서 앞자리에 앉았다. 수업 시간에 늦거나 게으름을 피우는 일은 없었다. 맨 앞자리에서 열심히 듣고 필기를 야무지게 했다. 수업을 마치면 같은 반 친구들과 스터디를 하며 복습을 했다. 어느새 움직이지 않던 성적도 조금씩 올라가기 시작했다.

토익 점수를 조금씩 갱신해 가던 어느 날이었다. 토익학원 원장님께서 부르셨다.

"토익 실전 반 김윤경 학생 맞지?"

"네, 그런데요?"

"수업 마치면 원장실로 와요."

토익학원에서 자주 마주친 적도 없는 원장님이 내 이름을 알고 계셔서 깜짝 놀랐다.

'내 이름을 어떻게 아셨지? 토익 고득점자 포상이 있다던데. 혹시 내가 뽑힌 걸까?'

그런 상상을 하며 원장실로 갔다. 나를 찾으신 이유는 황당했다. 기초반 강사가 개인적 사정으로 수업을 할 수 없다고 하셨다. 다른 강사를 구할 시간 동안만 그 반 수업을 해줬으면 좋겠다는 부탁이셨다. 내 실력과 성실함을 알아보시고 나를 선택해 주신 것은 감사했다. 하지만 그때까지 누구를 가르쳐본 경험은 없었다. 원하는 토익 점수만 나오면 학원을 그만둘 생각이었다.

자신도 없고 시간도 없다고 거절을 했다. 하지만 원장님은 쉽게 물러서시질 않으셨다. 일주일이면 새 강사를 구할 수 있으니 그 기간만 해달라고 하셨다. 더 일찍 구하면 더 빨리 그만둘 수 있다고도 하셨다. 가장 낮은 레벨의 반이라 미리 공부할 것도 없다고 하셨다. 결정적으로 아르바이트비도 섭섭지 않게 쳐 주시겠다고 하셨다. 얼떨결에 수락을 하게 되었다.

집에 가서 생각해 보니 그렇게 나쁘지 않았다. 벌써 취직한 친구들도 있는데 아직 책값과 학원비를 부모님께 타 쓰고 있었다. 그런 부분이라도 스스로 해결할 수 있다면 덜 죄송할 것 같았다. 그렇게 생각하니 기초반 수업을 하기로 한 것은 잘한 일 같았다.

기초반 수업은 어중간한 시간이었다. 시간이 어중간해서였는지 학생 수가 유난히 적었다. 개설된 지 한 달도 되지 않아 강사는 다른 일이 생겼다는 이유로 수업을 나오지 않았다. 토익 강사들은 학생 한 명당 몇 퍼센트의 강사료를 받는다. 인원이 많을수록 많은 돈을 받을 수 있다. 학생 수가 너무 적은 반을 토익 강사들은 선호하지 않는다. 시간이 어중간해서 학생들이 많이 모이지 않자 고의로 그 수업을 펑크낸 것 같았다.

원장님은 기초반을 맡는 대신에 내가 듣는 실전 반 수업료를 무료로 해주셨다. 아르바이트비는 일주일 단위로 계산해 주시기로 했다. 수업을 무료로 듣고 강의료까지 받을 수 있다니 기분이 좋았다. 하지만 어떻게 가르쳐야 할지가 막막했다. 그전까지 누구를 가르쳐본 적도 없었다. 가르치는 것을 진지하게 생각해 본 적이 없었다. 다행히 기초반은 가르쳐야 할 내용이 어렵지는 않았다. 가르칠 내용을 찾아 집에서 미리 연습도 했다. 수업 들어가기 직전까지 연습한 것을 마음속으로 반복하고 또 반복했다.

나의 첫 강의가 시작되었다. 슬그머니 문을 열고 강의실에 들어갔다. 심장이 너무 빨리 뛰었다. 부끄러워 학생들 얼굴을 제대로 쳐다보지 못했다. 그 자리에 서서 마음을 진정시키고 학생들 얼굴을 보았다. 다행히 학생들은 많지 않았다. 선생님이 바뀐다는 소문이 났는지 학생은 더 줄어서 단 세 명이 기다리고 있었다. 차라리 잘 된 것 같았다. 학생들이 많았다면 훨씬 더 떨렸을 것 같았다.

올해 군대를 제대한 2학년 복학생 한 명과 올해 입학한 새내기 2명이 다였다. 복학생은 나와 동갑인 스물네 살이었다. 첫날은 수업을 어떻게 했는지 기억을 할 수가 없었다. 수업 전에 수없이 연습한 것들은 별로 도움이 되지 않았다. 내 소개를 어떻게 했는지도 모르겠다. 학생들과 눈도 제대로 맞추지 못하고 첫날은 지나가 버렸다.

둘째 날이 되어서야 학생들 얼굴을 겨우 쳐다볼 수 있었다. 동갑내기에게 영어를 가르친다는 것이 불편하고 쉽지 않았다. 복학생은 이름이 이영진이라는 경영학과 학생이었다. 영어에 관심은 많았지만 군대 있는 동안 잊어버린 것 같다고 기초부터 다시 배우기 위해 등록했다고 했다. 다른 학생들보다 조금 일찍 오는 날은 자판기 커피를 뽑아 주기도 했다. 그러한 행동이 고마워서 수업 시간이 지나서도 질문을 받고 설명을 해주었다. 조금씩 불편하던 관계는 편안해져 갔다. 영진이라는 학생과의 관계가 나아지면서 가르치는 일에 조금씩 재미가 생겨났다.

다른 두 명의 영어 실력은 완전히 꽝이었다. 영어에 대한 기초가 많이 떨어졌고 의욕도 없었다. 그래서인지 수업 시간에 자주 늦고 빠지기도 했다. 일주일만 버티면 되는데 잔소리를 할 이유도 없었다. 내가 뭘 어떻게 할 수 있는 일이 아니라고 생각했다. 하지만 그래도 내가 맡은 학생이니 적극적으로 한번은 해보고 싶어서 그날은 수업 시작 30분 전에 전화를 했다. 마지막 수업이 될 수도 있으니 빨리 오라는 엄포를 놓으며 끊었다. 지각하고 수업을 빼먹은 것이 미안했는지 바로 달려와 주었다. 그런 모습이 마음에 들어서 그날은 수업을 준비한 것보다 세 배는 더 한 것 같았다.

그렇게 일주일이 지나고 있었다. 그만해도 좋다는 원장님의 연락은 받지 못했다. 그 사이 학생들과 마음의 문이 조금씩 열리고 있었고 가르치는 즐거움을 알아가고 있었다. 이 주가 다 되어 갈 무렵이었다. 드디어 원장님이 부르셨다. 내 수업을 듣고 싶어 수강을 신청한 학생이 다섯 명이나 더 있다고 하셨다. 내 수업을 듣는 학생들이 주위 친구에게 좋은 소문을 내주었다. 그렇게 해서 일주일만 해보겠다고 하던 일은 첫 직장이 되었다.

자연스럽게 또 다른 반을 맡게 되었고 학생 수도 조금씩 늘어 갔다. 영어 울렁증이 있던 내가 토익 강사가 되었다. 세상에서 영어가 가장 어렵고 재미없어했던 내가 영어를 가르치는 사람이 된 것이다. 그렇게 영어를 가르치며 영어 울렁증은 조금씩 극복이 되어갔다.

4. 벤처 창업가 남편

영어를 가르치는 일이 좋아지기 시작했다. 한 타임 강의를 위해 세 시간 이상을 수업 준비에 쏟았다. 쉬운 예문을 만들고 쉽게 이해 시킬 수 있는 방법을 찾는 것을 고민했다. 준비하고 공부하는 시간은 즐거웠다. 수업을 위해 문을 열고 강의실로 들어가면 어색한 분위기가 감돈다. 하지만 시간이 지날수록 학생들은 내 설명에 집중하고 나는 몰입한다. 서로의 긴장이 풀리며 수업에 집중한다. 나의 목소리와 손끝에 학생들의 눈과 귀가 집중되는 모습에 묘한 짜릿함을 느꼈다.

단 세 명으로 시작한 강의는 석 달이 지나자 강의실이 가득 찼다. 학원에서 다른 수업을 하나 더 개설해 주었다. 그렇게 하나씩 강의가 늘게 되었다. 2년이 지나자 그 학원에서 가장 많은 학생을 가르치는 토익 강사가 되었다. 스물여섯의 나이에 생각지도 못한 많은 돈을 벌게 되었다. 삶은 노력한 만큼 대가가 있다 생각을 했다. 빠르게 찾아

온 성공은 나를 자신감으로 가득 채웠다.

친구의 소개로 소개팅을 하게 되었다. 키도 작고 외모도 영 마음에 들지 않았다. 훈남이라고 할 수 없는 외모였다. 하지만 자신이 하는 일을 소개할 때 반짝이는 눈과 열정적 태도는 마음에 들었다. 컴퓨터 관련 일을 한다고 했다. 대학을 졸업하고 친구들과 창업을 했다고 한다. 토익 강사로 돈을 잘 벌고 있었기 때문에 그 사람이 하는 일에 그다지 깊은 생각을 하지 못했다. 만나보니 생각이 비슷하기도 하고 말이 잘 통했다. 속전속결이었다. 그해 겨울 결혼을 했다.

사람만 보고 결혼했다. 월급이 얼마인지 집은 있는지 결혼 전에 물어봐야 하는 것들을 건너뛰었다. 그렇게 급한 것도 아니었는데 닥쳐오는 운명을 막을 수 없었다. 몇 달이 지나자 눈에 붙어 있던 콩깍지가 조금씩 떨어져 나가기 시작했다. 그전까지 관심도 없었던 것들이 하나둘씩 신경이 쓰이기 시작했다. 그때서야 남편의 월급이 궁금해졌다. 그전까지 각자의 월급은 각자가 관리하고 있었다. 남들보다 조금 이른 직장 생활과 조금 더 많이 벌었던 나는 남편의 월급에 별 관심이 없었다. 나하고 비슷하거나 조금 더 많을 것이라고 막연히 생각하고 있었다.

"오빠, 월급 얼마야?"

"그건 왜 물어? 지금은 투자하느라 좀 적지만 차후에 더 많아질 거야."

자꾸만 물어도 나중에 더 많아질 것이라는 애매하게 말 만하고 가르쳐 주지 않았다. 우연히 남편의 책상 위에 있던 월급명세서를 보게되었다. 별 대수롭지 않게 하얀 봉투를 살포시 열어보았다. 하지만 어쩐지 기분이 썩 좋지는 않았다. 이상한 긴장감과 찜찜한 마음마저 들었다. 남편의 월급은 내 월급과 너무 큰 차이가 났다.

'뭐지? 이 남자.'
'엄마가 마음에 안 든다고 했을 때 그만뒀어야 했나?'
엄마가 반대하는 결혼을 버럭버럭 우겨 가면서 했는데 이런 사람이었다니. 한순간, 남편에 대한 미움과 나에 대한 실망으로 눈물이 났다.

남편은 시골에서 올라와 무일푼으로 창업을 한 상태였다. 남편은 창업아이디어대회의 우승으로 쉽게 사업을 시작할 수 있었다. 세상 물정도 모르고 자신의 기술만 믿고 창업을 한다는 것은 위험한 일이었다. 매일 자고 나면 다양한 일들이 벌어지고 다양한 사건들이 생겼다. 제품을 개발하고 회계와 법률, 경영까지 혼자 하느라 바빠 보였다. 처음에는 조금씩 가져오던 월급도 얼마 지나지 않아 끊어졌다.

월급은 없어도 일은 많았다. 늘 바쁘고 잠이 부족하고 피곤해 보였다. 그런 남편에게 돈, 돈, 할 수 없었다.

그때 알게 되었다. 결혼해서 남편 월급으로 사는 호사는 남의 이야기라는 것을.

결혼하면서 덜컥 집을 장만했다. 친정집 근처의 작은 아파트였다. 내 직장과도 가까운 거리여서 조금 비싸더라도 대출을 내서 사게 되었다. 지금 버는 만큼 벌면 금방 대출도 갚을 수 있을 것 같았다. 그때는 남편이 월급을 가져오지 않을 것이라는 계산은 하지 못했다. 대출 갚는 것은 혼자만의 몫이 되었다. 누구보다 열심히 준비하고 강의했다. 아니 열심히 안 할 수가 없었다. 공과금과 생활비도 나의 몫이었고 아파트 대출이자와 원금도 모두 나의 몫이었다. 하지만 그것뿐만이 아니었다. 수시로 남편 사업자금으로 필요한 돈을 충당하기도 해야 했다. 모아놓은 돈은 바닥이 났다. 처녀 시절 자신감에 승승장구하던 토익 강사의 모습은 없었다.

다른 강사들이 너무 이르다고 하지 않는 시간에도 수업이 개설되면 했다. 너무 늦다고 마다하는 수업도 할 수 있으면 끝까지 했다. 많이 뛰는 만큼 돈이 되었기 때문에 할 수 있는 수업은 다 맡았다. 결혼하더니 돈에 미친 사람이 되었냐며 물어보는 사람들도 있었다. 그 말에 신경 쓸 겨를이 없었다. 저렇게 돈독이 오른 사람은 처음 본다며 수군거리는 강사들도 있었다. 오로지 대출 갚고 생활비 벌어야 한다는 생각에 옆도 뒤도 돌아보지 않았다.

결혼은 인생의 무덤이라는 말이 있다. 도대체 누가 그런 말도 안 되는 말을 지어내었을까 궁금했는데 내 생활이 딱 그랬다. 새벽부터 밤까지 가르치는 일을 하고 집에 오면 씻지도 못하고 잠들 때가 많았다. 남편은 남편대로 회사에서 일에 치여 집에 들어오지 못하는 날이 많았다. 대화도 없었다. 마주치면 화가 났다. 왜 내 돈을 그렇게 많이 갖다 쓰냐고 하며 악을 쓰고 욕을 퍼부었다. 친정엄마한테 달려가 하소연하는 것은 하지 못했다. 그렇게 안 된다고 하셨을 때 끝까지 우겨서 한 결혼이기 때문이다. 이런 모습을 보이는 것은 엄마 가슴에 큰 대못을 박는 것 같아서 혼자 속으로 삭였다. 그러다 몇 년이 지나자 남편을 받아들이게 되었다. 잠 안 자고 노력하는데 악담은 하지 않기로 했다. 그렇게 우리 부부는 밤낮없이 바쁘고 힘든 생활을 몇 년간 이어갔다.

5. 인생의 전환점

　　결혼을 하고 바로 아이를 갖지는 않았다. 사실 좀 미루고 싶었다. 한창 토익 강사로 주가를 올리고 있었다. 일하는 시간에 비해 벌이가 꽤 좋았다. 남편은 창업으로 고단한 시간을 보내고 있었다. 각자의 생각과 고민으로 임신은 자연스레 멀어졌다. 하지만 인생은 계획한 것처럼 되지 않았다.

　　그날도 수업 준비와 강의로 무척 바쁜 하루를 보내고 있었다. 점심때 자장면을 먹었다. 그게 체했는지 속이 계속 울렁거리고 머리가 아팠다. 겨울에도 감기 한번 안 하는 건강 체질이었고 늘 기운이 펄펄 넘쳤다. 그런데 그날따라 몸이 너무 피곤했다.

　　'왜 이러지? 자장면 먹고 체했는데 이렇게까지 피곤할 수가 있나?'

　　혹시나 하는 생각에 결혼할 때 사둔 임신 테스트기를 해보았다.

당연히 임신이 아니겠지 생각했다. 하지만 임신 테스트기는 두 줄을 선명하게 보여주었다. 기쁘기도 했고 고민도 되었다. 마음이 복잡했다. 남편도 나와 마찬가지인 것 같았다.

임신 사실을 알고부터 일이 힘에 부치기 시작했다. 강의를 마치고 나면 다리가 퉁퉁 붓고 몸은 말도 아니게 피곤했다. 전에 없던 몸에 이상 반응이 생기기 시작했다. 몇 달 있으면 배도 불러올 텐데. 슬슬 걱정되기 시작했다. 남산만 한 배로 대학생에게 토익을 가르치는 것은 어려워 보였다.

'젊고 의욕적인 강사들도 많은데 굳이 임신한 아줌마 선생에게 배울 대학생이 몇 명이나 되겠어?'

남편과 고민 끝에 토익 강사를 그만두기로 했다. 좋아하고 잘하던 일이었기 때문에 미련이 많이 남았다. 하지만 다른 대안이 없었다.

갑자기 임신이 되었고 강사도 그만두게 되었다. 당장 대출금과 공과금을 어떻게 충당할지가 고민이었다. 그래서 아파트를 담보로 대출을 더 내었다. 결혼 전에는 대출이라고는 내어 본적이 없었다. 얼마나 계획성 없이 살았으면 대출할까 생각을 했었다. 대출은 남의 이야기였다. 열심히 벌어 저축하는데 왜 대출하는지 이유를 몰랐었다. 하지만 대출이라도 받아서 급한 불을 끌 수만 있다면 좋겠다는 생각이 들었다. 대출까지 해가며 팍팍한 삶을 살게 될 것이라고 꿈에도 몰랐다.

남편에 대한 원망도 컸다.
'아무것도 없이 아무것도 모르고 덜컥 사업을 시작해서 이런 고생을 시키다니.'
억울하고 화가 났다. 친정엄마에게 털어놓으니 좋은 소리는 돌아오지 않는다.

"그렇게 말릴 때 그만 뒀어야지. 뭐 볼꺼 있다꼬 그런데 시집을 갔노?"
"엄마, 그래도 이 정도 일줄 몰랐지."
"모르긴 왜 몰라, 딱 보면 알겠더만. 아이고, 인자 우짤끼고."

따뜻한 위로는커녕 잔소리만 한 바가지 얻어먹었다. 그 뒤로는 남편에 관한 이야기는 일절 친정엄마에게 하지 않게 되었다. 내가 선택한 일이니 내가 책임을 져야 한다는 생각이 들었다. 물론 그 당시에는 친정엄마를 원망했다. 입장을 달리해서 생각해 보니 그럴 만도 하다는 생각이 들었다. 곱게 키워 대학 졸업시키고 좋은데 시집보내려고 했던 친정엄마 마음도 이해가 갔다. 딸의 선택을 지켜보는 엄마 입장도 힘들었을 것이다.

남편도 힘든 시기를 겪고 있었다. 맨 처음 다섯 명으로 대학 동기들과 창업을 했다. 야심 차게 시작한 일은 현실의 벽을 넘지 못했다. 모두 뿔뿔이 흩어져 제 갈 길을 갔다. 남편만 혼자 남게 되었다. 남편도 어서 빨리 접고 다른 회사에 취직하면 좋겠다고 생각했다. 남편의 마음은 움직이지 않았다. 자신이 하는 일에 믿음이 있었고 자신의 힘으로 성공시키고자 했다. 하지만 성공은 너무 멀리 있어 보였다.

대출로 생활을 이어가던 우리는 버티기가 힘든 상황이 되었다. 도련님이 대전의 한 회사를 소개해 주었다. 대전의 한 회사에서 프리랜서로 몇 달간 미사일 통제 프로그램을 짜줄 사람을 찾고 있었다. 자신의 사업을 계속하고 싶어 했지만, 돈이 들어오지 않자 남편은 그 일을 선택하게 되었다. 졸지에 주말 부부가 되었다. 나는 마산에서 지내고 남편은 대전의 친척 집에서 지내며 일을 하게 되었다.

임신한 몸으로 혼자 시간을 보내는 것은 지루하고 외로웠다. 특히 밤에 잠이 잘 오지 않았다. 잠도 오지 않고 무섭기도 해서 밤새 텔레비전을 켜 놓았다. 대전 간 남편은 꼬박꼬박 돈을 보냈다. 구경도 못 했던 제대로 된 월급을 받으니 기분이 좋았다. 생각보다 적은 월급도 아니었다. 하지만 대출을 갚고 나니 별로 남는 것도 없었다. 먹고 싶은 것 사고 싶은 것도 많았지만 여유가 없었다.

출산일이 다가오자 배는 점점 불러왔다. 배 속의 아기가 건강한지 새벽만 되면 발길질을 심하게 해서 잠을 자기가 어려웠다. 아이가 방광을 누르는지 화장실도 점점 자주 가게 되었다. 출산 날짜가 다가오고 있는 것 같았다. 출산 준비물도 하나씩 갖추어 놓아야 할 때가 왔다는 생각이 들었다. 드라마에서 임신한 아내와 남편이 출산 준비물을 쇼핑하는 장면이 나왔다. 나도 남편하고 우리 아기 물건들을 고르러 다닌다면 정말 좋겠지라는 생각을 했다.

친구가 내 형편을 전해 들었는지 출산 한 달 전에 우리 집을 방문했다. 쇼핑백을 네 개나 들고 왔다. 갓난아기 옷부터 목욕용품까지 낡았지만 없는 게 없었다. 사용한 흔적도 많았고 먼지로 지저분한 것들도 있었지만 사용하기에 지장은 없어 보였다. 큰돈 들이지 않고 출산용품은 거의 다 준비가 될 것 같았다. 내 친구는 결혼도 하지 않은 아가씨였다. 이 물건들이 다 어디서 났는지 궁금했다. 내 딱한 처지를 듣고서 자기 사촌 언니에게 연락해 받아온 물건들이라고 했다. 그러면서 포장된 새 내복도 한 벌 건네주었다. 친구의 마음이 고마웠다. 친구 앞에서는 고맙다는 말 만하고 별다른 말은 하지 않았다. 친구를 보내고 혼자 방에서 서럽게 울었다. 친구가 고맙기도 했고 나와 내 아이가 불쌍하게 느껴지기도 해서 울음은 멈추기 어려웠다.

나는 남편 닮은 딸 아이를 낳았다. 신기하기도 했고 이쁘기도 했다. 힘든 상황 속에서도 아기의 웃는 모습은 힘이 되었고 엄마라는 마음이 어떤 것인지 알게 해주었다. 토익 강사를 포기한 대가로 내 아이의 엄마가 되었다. 엄마라는 새로운 삶을 시작하는 인생의 전환점을 맞이하게 되었다.

6. 엄마표 영어 첫날

토익학원을 그만두고 걱정스러운 날들을 보내고 있었다. 토익학원의 학생에게서 연락이 왔다. 자기 동생이 고3인데 영어가 부족하니 따로 과외를 해줄 수 있느냐는 내용이었다. 일이 필요했던 나에게 황금 같은 소식이었다. 돈이 중요해서가 아니라 뭔가 탈출구가 필요했다. 서서 힘들게 하는 일은 아니어서 고민없이 결정하게 되었다. 큰돈은 아니었지만, 일하는 시간에 비해 보수도 나쁘지 않다고 생각했다. 옷차림에 신경 쓰지 않고 집에서 편하게 가르칠 수 있다는 것은 부담이 없어 보였다. 임신으로 우울하고 무료한 기분을 떨치기에도 이만한 것은 없어 보였다.

고3 학생 한 명으로 시작한 과외는 조금씩 입소문을 타기 시작했다. 친분이 있었던 사람들이 내가 과외를 시작했다는 소문을 듣고 하나둘씩 자녀들을 보내기 시작했다. 학생 한 명 한 명에게 최선을 다

했다. 기초가 부족한 학생들은 가장 쉽고 간단한 예문으로 설명해주었다. 학생들의 반응은 좋았다. 혼자 아무리 책을 보아도 이해가 되지 않던 문법이 나와 공부하면 금방 이해가 된다고 했다. 그런 반응들은 나를 기운 나게 했고 열정적이고 친절한 선생님으로 만들어 주었다. 학생들을 가르치는 시간이 즐거웠다. 영어를 가르치는 시간은 나를 살아있게 해주었다.

임신으로 기운이 없고 피곤할 줄 알았는데 학생들을 가르치는 것은 오히려 힘을 나게 해주었다. 임신으로 모든 것을 내려놓아야 했던 나에게 학생들을 다시 가르치게 된 것은 큰 행운 같았다. 학생들의 반응이 좋으니 보내는 엄마들의 반응도 당연히 좋았다. 도시락을 싸서 보내 주시는 엄마들도 있었고 먹음직스러운 과일을 보내 주시는 엄마들도 있었다. 임신한 것을 오히려 기뻐해 주시고 따뜻한 말로 위로를 해주셨다. 구두 신고 정장 입고 토익학원에서 강사 할 때보다 모양은 빠지지만 사람 사는 정을 느낄 수 있었다.

내가 사람을 좋아하고 영어를 가르치는 것을 좋아한다는 것을 알게 되었다. 억지로 엄마에게 끌려온 학생에게 나의 관심과 애정 어린 태도는 그 학생을 변화시켰다. 버릇없고 책이라고는 펴지 않았던 아이는 인사 잘하고 숙제를 하기 위해 밤늦게 깨어 있는 착실하고 성실한 아이로 변했다. 쉽고 재미있는 예를 들어 눈높이에 맞는 설명을 해주었기에 학생들의 환심을 사기에 충분했다. 가르치는 일은 즐거웠고 학생들의 호응은 기운이 나게 해주었다. 돈을 떠나서 아이들이 좋았고 나의 일이 있어 좋았다. 영어 자체가 좋기도 했다.

'내가 영어를 무척 좋아하는구나?'
'이렇게 재미있는 영어를 내 아이와 함께 할 수 있다면 얼마나 좋을까?'
어느 날 문득 이러한 생각이 들었다. 내 아이의 영어를 내가 직접 가르쳐보는 것은 어떤 기분일지 궁금했다. 내 아이가 영어를 배워나가고 실력이 느는 모습을 보는 것은 또 하나의 큰 기쁨일 것 같았다.

아이가 태어나면 바로 모성애가 생기는 것이 아니었다. 본능적으로 여자는 모성애가 있다는 말도 거짓말 같았다. 육아는 힘들고 어려웠다. 낮에는 멀쩡하게 잘 놀다가 밤만 되면 보채고 칭얼거렸다. 젖을 물리고 토닥거려주어도 쉽게 그치거나 멈추지 않았다. 잠 좀 실컷 잤으면 좋겠다는 생각이 들었다. 육아는 오로지 내 몫이었다. 밤낮으로 바쁜 남편을 잡고 하소연하기도 어려웠다.

'아, 우리 엄마도 나를 키우느라 힘들었겠구나.'
특히 내가 예민해서 밤낮으로 많이 울었다는데 잠 안 자고 보채는 딸 아이를 보니 친정엄마 생각이 났다. 엄마가 된다는 것은 돈 버는 것보다 백배 천배는 힘들다는 생각이 들었다.

　아이와 영어로 재밌는 경험을 하고 추억을 쌓아갈 생각을 하니 마음이 급해졌다. 하지만 마음만 급했지 돌이 갓 지난 아이를 가르칠 방법은 떠오르질 않았다. 고등학생에게 문법과 독해를 설명하는 방법으로 가르칠 수는 없다는 생각이 들었다. 아이가 세 살이 되었다. 세 살도 안 된 아이에게 영어를 가르치는 것은 당장 내 능력으로 되는 일이 아니었다. 어디서부터 어떻게 시작할지 막막했다. 친정엄마는 펄쩍 뛰었다. 아직 한국말도 제대로 못 하는 아이에게 무슨 영어를 가르치냐고 말도 안 된다고 하셨다. 하지만 조기 영어교육이라는 말이 있는 것을 보면 꼭 그런 것은 아닌 것 같았다.

　대학교 영어 교양 과목 시간에 유난히 발음이 좋은 친구가 있었다. 어떻게 해서 그렇게 발음이 좋은지 궁금해서 물어본 적이 있었다. 아빠의 사업으로 뉴질랜드에서 어린 시절을 보내었기 때문이라고 했다. 그렇게 긴 시간을 뉴질랜드에서 보낸 것도 아닌데 그 친구의 영어는 자연스럽고 자신감에 차 있었다. 바로 그거라는 생각이 들었다. 짧은 기간이더라도 어린 시절 영어에 대한 노출은 큰 효과를 가져오는 것 같았다.

　발음에 대한 자신감이 늘 부족했고 영어 울렁증으로 고생을 했다.

조금 이른 나이에 영어를 노출 시켜 준다면 그러한 문제도 해결이 될 수 있어 보였다. 여러 가지 생각을 해보니 빨리 영어를 가르치는 것에 대한 확신이 생겼다. 그렇다면 어떻게 가르쳐야 할지에 대한 의문이 생겼다. 한글도 모르는 아이에게 영어를 어떻게 가르쳐야 할지 머리를 싸매고 궁리하게 되었다.

일단 인터넷을 뒤져서 엄마표 영어 고수들의 블로그를 찾아보았다. 태교부터 영어 동화책으로 시작한 엄마들의 열정이 대단해 보였다. 온 집안을 영어단어 카드로 도배를 한 엄마도 있었다. 일상적인 대화를 영어로 하는 엄마들도 있었다. 집안에 텔레비전을 없애고 그 자리에 영어도서관을 만든 집도 있었다. 알지 못했던 새로운 세상을 보는 것 같았다. 그렇게 열정적인 엄마들이 그렇게 많은지 몰랐다. 그런 엄마와 영어를 함께 배워나가는 아이들이 또 그렇게 많은지도 몰랐다.

내 아이의 영어를 가르치는 것에 전직 토익 강사라는 직함과 문법과 독해를 잘 가르친다는 것은 아무런 상관관계가 없는 것 같았다. 오히려 뭔가를 알고 나니 두려움과 불안만 커졌다. 덩달아 자신감도 떨어졌다.

'영어 발음도 안 좋은데, 내 실력으로 과연 될까?'

'저런 엄마들 수준 정도는 되어야 자기 아이에게 영어를 가르칠

수 있구나.'

이러한 생각들은 나를 한없이 작아지게 했다. 열정으로 부풀어 올랐던 마음은 바람이 빠지는 풍선처럼 자꾸 쪼그라들어 갔다. 해보지도 않고 포기하려는 자신이 초라하고 볼품없게 느껴졌다.

엄마표 영어를 하는 엄마들이 가장 먼저 사용하는 책은 몇 번의 검색으로 쉽게 찾을 수 있었다. 그중에 가장 쉬워 보이는 책을 주문했다. 한글이 없는 영어만 있는 생소한 책이었다. 화려하고 알록달록한 그림에 글씨는 한 줄 정도 있는 동화책이었다. 시디도 함께 있었다. 막상 한글이 하나도 없는 영어책을 보니 당황스러웠다.

아이를 억지로 무릎에 앉혀 책을 읽어주었다. 내가 알고 있는 문법 용어를 써가며 진지하게 설명했다. 결과는 참담했다. 아이는 벗어나려고 찡찡거리다 결국은 울음을 터트렸다. 엄마표 영어 첫날은 그렇게 실패로 돌아갔다. 다른 방법으로 가르쳐야 한다는 교훈을 얻었다.

7. 남편의 동의

첫날의 실패는 큰 좌절을 주었다. 도무지 무엇을 어떻게 해야 할지 막막했다. 내 아이에게 영어를 가르치는 것은 처음부터 가능하지 않은 일처럼 느껴졌다. 시작만 하면 쉽게 될 줄 알고 있던 내가 바보 같았다. 하지만 한 번의 실패로 물러서기는 아쉬웠다. 다시 마음을 다잡아 보았다. 무조건 하는 것이 아니라 어떻게 해야 하는지를 고민해 보았다. 내 아이를 가르치는 방법의 문제에 대해 깊이 생각하는 계기가 되었다.

일단 인터넷을 뒤졌다. 엄마표 영어를 하는 엄마들이 정보를 공유하는 인터넷 카페가 있었다. 생각보다 회원이 많고 규모가 컸다. 이렇게나 사람들이 엄마표 영어에 관심이 있다니 놀라웠다. 고민하고 노력하는 엄마들의 글들은 감동적이었다. 어려운 상황에서도 아이의 영어를 함께 해나가는 모습들이 대단해 보였다. 처음부터 너무 쉽게

시작한 사람은 없어 보였다. 다들 처음에는 많은 시행착오를 겪었고
방향을 잡기 어려웠다고 했다.

'그래, 나만 힘들고 어려운 게 아니었구나.'
내가 너무 모르고 시작했다는 것을 알 수 있었다. 시작도 어렵고
해나가는 과정도 어려워 보였다. 처음부터 잘해 낼 수 있는 것이 아
니었다. 너무 쉽게 되는 것이 아니라는 마음을 가지게 되니 오히려
편안해졌다. 맨 처음 시작했던 엄마들이 올려놓은 자료와 이야기를
찾아서 읽었다. 다들 비슷한 이유로 시작을 했고 비슷한 교재로 시작
을 했다는 것을 알게 되었다. 그렇게 해서 알게 된 방법은 노부영이
라는 영어 동화책과 시디였다. '노부영'은 노래 부르는 영어 동화책
의 줄임 말이었다. 읽어주는 것이 아니라 영어 동화책을 노래로 녹음
된 것을 들려주는 것이 엄마표 영어 시작이라는 것을 알게 되었다.

시디를 틀어보니 어깨가 들썩거리고 흥겨웠다. 내 목소리로 읽어
줄 필요도 없이 틀어만 주면 된다는 것은 무척 매력적으로 보였다.
방법을 알았으니 이제 모든 것이 일사천리로 진행될 것 같았다. 여기
서 정보를 얻어서 차근차근 가르치면 될 것 같았다. 인터넷 카페에서
손쉽게 얻은 정보가 이렇게 큰 도움이 될 줄 몰랐다. 대단히 큰 발견
을 한 것처럼 호들갑을 떨면서 기뻐했다.

'어서 빨리 틀어줘야지?'

'괜히 걱정했어. 이젠 됐다 됐어.'

'여기 좋은 정보가 다 있네. 이제 무조건 잘 될 거야.'

기쁜 마음에 콧노래가 절로 나왔다. 그 비싼 영어 유치원 보낼 돈이 굳었다는 생각이 들자 행복했다. 엄마표 영어로 내 딸 영어를 성공시켜 주위의 부러움을 받는 모습을 상상하니 벌써 어깨가 으쓱하는 것 같았다.

시디 틀어주기는 만만하고 쉬워 보였다. 엄마표 영어 카페에서 시디를 틀어주기만 했는데 영어를 유창하게 하는 아이가 되었다는 말이 수십 개, 수백 개나 되었다. 엄마표 영어 별거 없다는 생각이 들었다. 쉬운 영어문장으로 된 노래는 몇 번만 들으니 금방 익혀졌다. 이삼 분 정도의 짧은 노래는 하루에도 수십 번 반복해서 들을 수 있었다. 하루에 책 한 권 듣고 외우는 것은 일도 아닌 것 같았다. 이렇게만 하면 가은이가 영어 동화책 수십 권을 별 어려움 없이 듣고 외울 것 같았다.

아침에 일어나자 시디를 틀었다. 조금이라도 더 빨리 더 많이 들려주고 싶었다. 남보다 빨리 시작해서 오래 들려주면 더 빨리 영어가 유창해질 수 있을 것 같았다. 가은이가 일어나기도 전에 시디를 틀어 온 집안에 영어 노래가 울리게 했다. 혼자 시디를 들으며 가족을 위한 아침 식사를 준비하고 있었다. 아침에 갑자기 들리는 노랫소리에 남편도 일어났다.

"왜 이렇게 아침부터 시끄러워. 가은이 자는데 좀 조용히 해야지. 이거 왜 이래!"

아무것도 모르는 남편은 거실로 나오자마자 시디를 껐다.

"오늘부터 가은이 영어 공부시키려고 틀어주는데 왜 그래?"

"가은이 많이 자야 키도 크고 건강해지지. 그런 거 지금 안 해줘도 돼."

"그리고 아침부터 영어 노래 들으니 머리 아픈 거 같아."

남편의 몇 마디에 시디를 끄게 되었다. 화가 나고 분했지만 어쩔 수 없었다. 남편은 어제도 밤늦게 일하고 새벽에 잠시 눈을 붙이고 일어나 출근 준비 중이었다. 그런 남편에게 내 주장만 할 수 없었다. 조용히 아침상을 차려주고 눈치만 보고 있었다. 그날따라 가은이는 곤하게 자고 늦게 일어났다. 부랴부랴 가방만 챙겨 어린이집 버스를 태워 보냈다.

눈이 빠지게 인터넷 카페를 뒤져서 찾아놓은 방법은 사용해보지도 못했다. 남편 때문에 시디를 틀지 못한 것에 화가 났고 실행해보지도 않고 포기한 나 자신에게 실망이 되었다. 그날 하루는 종일 기

분이 우울하고 힘이 없었다. 퇴근하고 돌아온 남편이 분위기가 심상
치 않음을 느끼고 물었다.

"왜 그래? 뭐 기분 나쁜 일이라도 있었어? 이번 달도 월급이 좀 늦
지? 일은 해놓았는데 돈이 좀 늦게 들어오네, 미안해."
"아니야, 하루 이틀도 아니고 돈이야 들어올 때 들어 오겠지."
"그럼 이유가 뭔데?"
"나 아침에 시디 좀 틀면 안돼?"
"틀어, 틀어, 틀어라. 그거 가지고 그런 거였어?"

남편에게 엄마표 영어를 시작하고 싶다는 말을 진심을 담아 했다.
그전까지는 가은이 영어 공부에 대해 남편과 의논해 본 적이 없었다.
처음으로 진지하게 가은이 영어에 대해 함께 이야기하는 시간을 가
졌다. 조금 일찍 영어를 시켜서 영어에 울렁증이 없는 아이로 키우고
싶고 영어를 학습이 아닌 놀이로 접근하고 싶다는 내 마음을 전달했
다. 간절한 마음과 내 눈빛은 남편을 움직였다. 원하는 만큼 시디를
틀어주어도 된다는 허락을 얻었다. 이제부터 진짜 엄마표 영어를 시
작할 수 있게 되었다.

8. 친정엄마 집으로 달려라

남편의 사업은 여전히 어려웠다. 그 끝을 알 수 없는 긴 터널의 한 가운데 늘 서 있는 기분이었다. 당장 그만두고 회사에 취직이라도 했으면 하는 생각이 굴뚝 같았다. 하지만 남편의 고집을 꺾는 것은 어려웠다. 금전적인 문제가 아니었으면 남편과는 별로 문제가 없었다. 성실하고 우직한 사람이었다. 가은이에게 좋은 아빠였다. 창업만 안 했으면 백 점짜리 남편에 백 점짜리 아빠였다. 내 말을 잘 들어 주고 모든 것을 수용해 주는 사람이었다. 사업을 그만두는 것만은 내 말을 듣지 않았다. 마음을 바꾸지 않는 남편이 밉기도 했다. 세상에 태어나 처음으로 마음대로 되지 않는다는 것이 있다는 것을 알게 되었다.

남편이 가져다주는 돈은 턱없이 부족했다. 언제 얼마나 돈이 들어올지 모른다는 것은 엄청난 불안을 느끼게 했다. 돈에 대한 불안과 스트레스는 삶을 우울하게 만들었다. 하지만 죽으라는 법은 없었다.

한두 명으로 시작했던 과외가 입소문을 타기 시작했다. 학생들이 조금씩 늘기 시작했다. 넉넉할 정도는 아니었지만 부족한 남편의 월급을 메우는 정도는 되었다. 금전적으로 불안했던 생활이 안정을 찾을 수 있었다. 과외가 늘수록 고민도 함께 늘었다. 가은이를 돌보면서 일하는 것이 어려워졌다. 잠깐 잠깐씩 가은이를 친정엄마에게 맡겼는데 맡기는 시간이 계속 늘어나게 되었다. 이왕 맡기는 김에 제대로 맡기고 일을 많이 하는 것이 나을 것 같았다. 그래서 친정엄마와 같은 아파트로 이사를 결심하게 되었다.

이사를 하기 위해 돈이 필요했다. 물론 통장에 모아 두었던 돈은 벌써 바닥이 나고 없었다. 하지만 이럴 때 대출이라는 제도를 이용하면 되었다. 결혼 전, 은행은 돈을 저축하는 곳이지 대출도 해주는 곳이라는 것을 몰랐다. 대출을 이용한 적이 없었기 때문이다. 처음에는 겁도 나고 마음이 편하지 않았다. 과연 이렇게 큰돈을 은행에서 빌리는 것이 옳은 일인지 궁금하기도 했다. 빌린 돈은 또 어떻게 다 갚아야 하나 온갖 걱정이 되었다. 대출을 받고 나니 그런 생각은 싹 사라졌다. 대출 덕에 친정엄마 집 근처로 이사할 수 있었다. 아이를 맡기고 일할 수 있게 된 것이 기뻤다. 대출은 숨통을 트여주는 좋은 제도라는 생각이 들었다. 월요일부터 금요일까지는 친정엄마 집에 가은이를 맡기게 되었다. 주말은 우리 집에서 가은이와 함께 지내게 되었다. 같은 동의 아파트였기 때문에 궁금하면 바로 찾아가 들여 다 볼 수 있었다. 일단 평일에는 일에 전념할 수 있었다. 또한 육아에서도 해방이었다. 마음껏 학생들을 가르칠 수 있다는 생각에 마음도 가벼워졌다. 열심히 일해서 빨리 대출을 갚으면 된다고 생각하니 불안하지 않았다.

그러나 며칠 전 시작한 엄마표 영어는 중단해야 할 것 같은 생각이 들었다. 평일 내내 외할머니와 지내야 하는 가은이에게 영어를 가르치는 것은 어려워 보였다. 제대로 시작도 안 하고 이대로 포기하는 것은 뭔가 아쉬웠다. 특별한 방법이 없을까 고민했다. 시디를 틀어주고 들을 수 있게만 하면 되는데 어떻게 해야 할까 고민이 되었다. 그래서 생각한 것은 아침 일찍 친정집으로 달려가는 것이었다. 밤늦게까지 학생들을 가르치고 몇 시간 제대로 눈을 붙이지 못한다. 알람을 6시에 맞춰놓고 알람이 울리면 침대에서 바로 일어나 옷을 주워입는다. 잠이 깨기도 전에 옷을 입고 친정집으로 달려간다. 챙겨간 영어 시디를 틀고 가은이가 깨기만을 기다린다. 가은이는 영어 노랫소리에 잠을 깨고 어린이집에 가기 전 까지 시디를 들려준다. 이것이 나의 계획이었다.

영어 시디를 들으며 친정엄마가 차려주시는 아침을 먹는다. 뜨끈한 쌀밥에 내가 좋아하는 반찬도 꼭 한 가지는 있다. 식탁에 둘러앉아 아침을 먹으며 영어 시디를 듣는다. 처음에는 낯설고 어색해하시던 친정엄마도 조금씩 익숙해지셨다. 밤늦게까지 일하고 잠도 제대로 못 자도 저렇게 뛰어와서 시디를 트는 것을 보면 뭔가 중요한 일이라고 생각하셨던 것 같다. 아무 불평을 하지 않으셨고 그저 묵묵히 따라주셨다. 겨우 방법을 알았는데 포기하고 싶지 않았다. 가은이와 영어로 대화하는 날을 꿈꾸며 꾸준히 이어나가고 싶었다.

매일 친정엄마 집으로 달려가야 하는 이유는 또 있었다. 내가 늦게 도착하면 가은이와 친정엄마는 텔레비전을 보고 있었다. 가은이는 뽀로로가 나오는 프로그램을 가장 좋아한다. 틀어 놓은 뽀로로에 정신을 팔리면 영어 시디 듣는 것은 포기해야 한다. 뽀로로의 힘은 강력하기 때문이다. 친정엄마는 좋아하는 드라마 재방송을 틀어 놓거나 뉴스를 틀어 놓을 때도 있으셨다. 피곤했지만 내가 아침 일찍 친정집에 가야 할 이유는 명확했다.

'나는 시디를 틀러 친정집에 달려가야 해.'

'피곤하지만 이건 내가 가서 꼭 해야 하는 일이야.'

이렇게 마음을 먹고 매일 친정집에 가서 시디를 틀었다. 함께 듣고 함께 노래했다. 처음에는 불편해하시던 친정엄마도 나를 이해해주셨다. 그렇게 몇 달을 하니 내가 도착하면 어김없이 시디가 돌아가고 있었다.

친정엄마는 불편을 감수하고 아침마다 시디를 틀어주셨다. 미안하고 고마워서 친정엄마가 좋아하시는 빵을 사다 드리기도 했다. 항상 드시는 영양제가 떨어지기 전에 미리 사다 드렸다. 주말에는 외식도 시켜드리고 백화점 쇼핑도 시켜드리며 감사하는 마음을 표했다. 자연스럽게 친정엄마는 시디 틀어주는 일을 중요하게 생각해 주셨다. 포기할 수 있었던 엄마표 영어를 계속해 나갈 수 있었다. 맨 처음 영어를 시작하는 아이들에게 시디만큼 좋은 것은 없다. 들려주고 또 들려주어야 한다. 매일 새로운 시디일 필요는 없다. 한 가지 시디라도 꾸준히 반복해서 들려주면 된다. 반복해서 들은 영어 동화를 몇 달 뒤에는 외우게 된다. 무엇보다 중요했던 것은 매일 영어 듣는 것을 습관으로 만드는 것이었다.

아침에 친정집에 달려가서 시디를 틀어주는 것을 몇 달간 지속했다. 이제는 아이가 어린이집에 다녀오면 시디를 틀어 줄 수 있도록 친정엄마에게 부탁을 드렸다. 그렇게 해서 가은이가 시디를 듣는 시간을 조금씩 늘려 갈 수 있었다. 친정엄마의 도움으로 가은이는 영어를 꾸준히 들을 수 있었다. 친정엄마는 한글 받침을 제대로 쓰시지 못하신다. 초등학교도 나오지 않으셨기 때문이다. 그래서 한글은 대강 어깨너머로 배우신 게 전부셨다. 하지만 우리 엄마의 손녀에 대한 사랑은 달랐다. 손녀에게 좋다는 것은 어떤 희생이 있더라도 해 주셨다. 조금 무리하게 일을 하며 돈을 벌어야 했던 나를 대신해 울 엄마는 내 딸을 잘 키우려고 노력하셨다. 나를 대신해 영어 시디를 틀어주는 일을 기꺼이 해주셨다. 친정엄마의 도움으로 가은이는 영어를 꾸준히 할 수 있었다. 가은이는 엄마표 영어가 아니라 할머니표 영어로 성장해 나갔다.

제2장

아이와 함께하는 엄마표 영어

1. 영어는 가르치는게 아닙니다

    살이 쪄서 다이어트를 위해 수영장을 등록했다. 처음 배우는 수영은 낯설고 어려웠다. 수영 기초반에서 싹싹하고 활달한 성격의 동생을 알게 되었다. 처음에는 인사만 하는 사이였다. 우연히 집이 같은 아파트인 것을 알게 되었다. 함께 수영장을 오가며 이런저런 이야기를 하며 친해지게 되었다. 그중에서 가장 큰 대화거리는 아이들 교육에 관한 것이었다. 수영장 동생은 6학년 아들과 7살 딸이 있었다. 특히 7살 딸 아이의 영어교육에 궁금한 것이 많았다.

    수영장 동생의 7살 딸은 코로나로 어린이집도 갈 수 없어 집에 있는 시간이 많았다. 내가 생각하기에 엄마표 영어를 시작해서 함께 영어로 놀고 실력도 키워가면 좋을 것 같았다. 내 딸과 엄마표로 지금까지 10년을 해오고 있다. 엄마표 영어 10년 차 베테랑이라 할 수 있다. 그동안 다양한 방법을 시도해 보고 실패와 성공을 반복해 왔다. 그렇게 쌓인 노하우가 조금은 도움이 될 수 있을 것 같았다. 너무 어렵지 않게 아이와 즐겁게 영어를 함께 할 수 있는 방법을 알려 주고 싶었다. 나보다 자녀 교육에 관심과 열정이 많으니 엄마표 영어를 더 쉽게 해낼 수 있을 것 같았다.

뭐든 처음부터 쉬운 일은 없다. 수영장 동생은 엄마가 아이에게 영어를 가르치는 것 자체에 거부감이 컸다. 그 거부감은 처음부터 아이에게 잘못된 방법으로 가르치다 실패를 해서 생겨난 두려움이었다. 우리 나이의 엄마들이나 아빠들은 단어를 외우며 문법 공부하는 것을 영어라 생각한다. 듣고 말하는 영어의 중요성을 잘 모르고 가르치는 방법도 모를 수밖에 없다. 수영장 동생도 7살 아이에게 자신이 배운 방법대로 영어를 가르치려 했다. 가장 먼저 알파벳을 가르쳤다고 한다. 여기까지는 아이들의 반응도 좋고 잘 따라온다. 알파벳을 가르치고 어느 정도 익숙해지면 십중팔구 단어 외우기를 시킨다. 수영장 동생이나 대한민국의 엄마 아빠들은 같다.

그녀의 남편은 의사였다. 국립 의료 기관의 의사였기 때문에 마치는 시간이 정해져 있었다. 집에 오면 딱히 할 것이 없었는지 아이의 공부를 봐주는 일을 주로 한다고 했다. 남편이 아이들의 교육에 적극적으로 참여하는 모습은 부럽기도 하다. 하지만 다르게 생각하면 그런 남편이 오래된 교육방식을 고집한다면 그것만큼 아이들에게 나쁜 것도 없다.

아니나 다를까 의사 남편의 교육 스타일은 무조건 암기하고 복습하는 지겨운 과정을 지속하는 것이었다. 자신이 공부했던 방법 그대로 아이들에게 적용하려 했다. 영어 사전을 사용해야지 왜 전자사전이나 스마트폰 사전을 사용해야 하냐고 되물어 보는 사람이었다. 자기 공부할 때는 사전 외워가면서 했다고 그 방법을 고수하고자 했다. 여차하면 아이들에게 사전까지 외우라고 할 것 같았다. 사전을 외우고 베고 자기도 했다고 영어 공부 잘했다고 은근 자랑질이다. 태어나면서 스마트폰을 사용해온 요즘 아이들은 의사 아빠의 공부 방법을 이해할 리 없다.

아이들은 아빠와 공부하는 시간이 재미없었을 것이다. 아이들은 아빠가 공부하자고 할 때마다 이런저런 핑계를 대며 피하려 한다는 것이었다. 남편과 아이들 사이에서 수영장 동생은 괴로워했다. 아이들이 아빠를 자꾸 피하고 멀리하려 한다는 것이었다. 아빠의 공부 방법이 영 틀린 것은 아니지만 지금 아이들에게 조금 가혹해 보이긴 했다. 7살 아이에게 단어 암기는 과감하게 집어치우라 했다. 당장 받아쓰기 시험을 칠 것도 아니지 않은가? 암기하는 것을 시키려고 할수록 아이는 영어를 어려워하고 재미없어한다. 알파벳 모른다고 가슴 치며 아이를 구박할 필요도 없다. 많이 듣고 많이 읽는 것이 더 중요하다. 옛날식으로 단어 암기하고 문법만 공부하다가는 듣고 말하는 영어를 놓치게 된다. 큰 것을 잃고 작은 것을 얻으려는 것과 다를 바 없다.

영어를 가르칠 때는 철저하게 아이 눈높이에서 놀아주어야 한다. 가르치려 들면 들수록 아이는 영어를 어려워하고 거부한다. 무조건 실패하게 된다. 엄마표 영어를 해오며 터득한 사실이다. 내 아이를 가르치며 경험으로 알게 되었다. 많은 실패와 좌절을 통해 얻은 귀한 진리이다. 나이가 어릴수록 가르치려 들면 더 크게 실패한다. 영어 잘하게 만들어 보려 하다가 영영 영어 안 하는 아이를 만들게 된다.

하지만 무조건 가르치려 하는 이유는 무엇일까? 가르치는 사람의 마음이 급해서이다. 영어를 3살부터 시작하는 아이도 있고 태교로 영어를 시작한 아이도 있다. 영어를 가르치는 시기는 개개인의 사고방식과 가치관에 따라 확연히 차이가 난다. 남이 하면 빨라 보이고 내가 하면 너무 늦은 것 같은 것이 영어교육이다. 내 생각에는 너무 늦거나 빠른 것은 없다. 얼마나 어떻게 적정한 방법으로 아이와 제대로 놀아주느냐의 차이다. 시작 시기와 학원 교습비의 차이로 아이의 영어는 좌우되는 것이 아니다. 지금 늦었으니 어서 빨리 영어교재와 교구를 사서 아이에게 가르쳐야 한다고 겁주는 영업 사원 말도 다 엉터리다. 그 교재와 교구를 산 엄마들의 아이는 모두 영어 영재가 되어 있어야 하는데 아무도 그렇지 않다. 그런 말은 들을 필요가 없다.

늦었다고 생각하니 마음이 급해진다. 알파벳을 가르치고 나면 더 속도를 낸다. 바로 단어 받아쓰기 연습을 시키며 아이를 잡는다. 영어로 단어는 읽을 줄 몰라도 어려운 단어는 철자까지 외우도록 하는 것은 말이 안 된다. 7살에 영어를 시작했다면 영어를 듣고 이해하고 단순한 의사 표현을 할 수 있도록 해주어야 한다.

영어는 의사소통의 수단이지 공부가 아니다. 어떤 부모들은 시디 듣고 노래를 따라부르는 것들은 공부가 아니라고 생각한다. 우리 아이가 단어를 많이 알고 스펠링도 완벽해야 영어를 잘한다 생각한다. 영어로 의사소통을 할 수 있는지에 초점을 맞추어야 한다. 실컷 공부하고 의사소통이 되지 않는 영어 공부 방법을 왜 아이에게 강요하는가? 경험도 없고 방법을 몰라서 그럴 수 있다. 나도 맨 처음 아이를 가르칠 때 아는 것이 없었고 아이의 눈높이에서 가르치는 방법을 알지 못했다. 아이는 한시도 가만히 있지 못하는 호기심이 왕성한 존재이다. 당연히 학습이 아닌 놀이로 접근해야 한다. 엄마와의 즐거운 놀이로 채워진 시간은 아이와 엄마의 행복한 추억이 된다. 영어로 엄마와 아이가 함께 웃고 놀았던 기억은 평생의 너무나 값진 경험이 된다.

2. 다른 거 집어치우고 춤추고 노세요.

"가은아, 엄마 설거지할 동안 시디 듣고 있어라."

"어, 엄마."

대답을 하는 것을 보니 안심하고 나는 집안일을 해도 된다는 것이다. 집안일과 영어 공부를 동시에 할 수 있다니 마음이 뿌듯했다.

드디어 가은이가 좋아하는 영어책을 찾을 수 있었다.

엄마표 영어 고수의 블로그를 뒤지고 조사했다. 어린이영어 책 사이트도 수십 개를 비교해 보았다. 좋다는 책 재밌다는 책을 주문하고 반품을 하는 번거로운 일을 몇 번 거치고 나서야 가은이에게 맞는 책을 구할 수 있었다.

'가은이가 가장 반응이 좋은 책이 이 책이구나. 이제 이것만 틀어주면 귀가 트이겠지?'

가은이의 대답을 다 듣기도 전에 시디를 틀어두고 설거지를 하러 자리를 떠났다. 엄마표 영어 별거 없어 보였다. 낮에는 시디 틀어주고 밤에 자기 전에 읽어주면 끝이라 생각했다. 엄청나게 고민했던 부분들이 서서히 풀려가기 시작했다. 가은이 수준과 취향에 맞는 책을 찾아 다행이었다. 그 부분을 해결했으니 일사천리로 진행될 수 있다는 생각이 들었다. 마음이 놓였다.

그림이 알록달록하고 가은이가 좋아하는 곤충이 가득한 책이었다. 시디를 틀면 흥겨운 노래가 흘러나온다. 이 책은 가은이가 좋아할 만한 것을 고루 갖추고 있었다. 음악은 가은이가 귀를 기울일 수밖에 없었다. 이 책으로 아이의 영어가 엄청나게 늘었다는 후기를 보니 더욱 자신감이 생겼다. 금방 가은이가 영어로 말을 할 것 같았다. 비싼 수업료를 아끼게 되어 기분이 더 좋아졌다. 엄마표 영어를 하길 잘했다는 생각이 들었다. 엄마표 영어가 만만하게 느껴졌다.

설거지를 끝내고 거실을 돌아보니 가은이가 시디를 들으며 놀고 있는 모습이 보였다. 흐뭇한 미소가 내 입가에 번졌다. 내친김에 미루어 두었던 다른 집안일도 해치우자는 생각이 들었다. 음식물쓰레기도 처리하고 빨래도 돌렸다. 일을 시작하니 보이지 않던 일들이 자꾸 눈에 들어왔다. 너저분한 집이 정리되어 가는 모습에 청소를 멈출 수가 없었다. 한참 정신을 놓고 청소에 열중하다 거실로 돌아왔다.

시디만 돌아가고 가은이는 그 자리에 없었다.

 "가은아! 가은아! 어디있니?"

 다른 방문을 열어보고 집안을 뒤져도 가은이는 없었다. 가은이는
자신의 작은 인형을 들고 욕실에서 목욕을 시켜 주고 있었다.

 "가은아, 여기서 뭐 해? 한참 찾았잖아."
 "엄마, 인형 더러워서 목욕시켜야 해."
 "시디 잘 들었니?"
 "아니, 혼자 들으니 재미없어. 안 들을래."

 내가 설거지하는 동안 시디를 듣고 있어야 할 가은이는 그 자리를
떠나 욕실에서 인형을 가지고 놀고 있었다. 그 뒤로도 몇 번 시디를
틀어주고 집안일을 하면 가은이는 어김없이 다른 곳에서 다른 것을
하느라 정신이 팔려있었다. 시디를 듣고 즐거워하는지 알 수 없었다.
정확한 것은 절대로 시디가 있는 거실 근처에 가은이가 있지 않았다
는 것이다.

 '왜 이러지, 시디만 틀어주면 된다고 했는데? 왜 집중도 안 하고
제대로 들으려고 하지도 않지?'

'혹시 이 방법이 잘못된 건가?'

방법이 잘못되었다는 생각은 추호도 없었지만 조금씩 불안한 생각이 들기 시작했다. 엄마표 고수들은 매일 시디를 틀어주기만 한 것 같았는데 뭔가 특별한 것은 없어 보였다. 다시 온라인 카페와 블로그를 뒤졌다. 한 블로그에서 엄마와 아이가 영어 시디를 틀어 놓고 율동하는 모습을 볼 수 있었다. 함께 율동하는 엄마와 아이의 얼굴에는 미소가 떠나지 않았다.

'저렇게 하라는 건가?'
'그냥 틀어만 놓는 게 아니었구나. 함께 듣고 함께 놀아주어야 아이가 집중하는 거였어.'

영어 동화책을 파는 사이트에 들어가니 동화책 시디를 듣고 엄마와 아이가 율동하는 장면들이 경쟁적으로 올라와 있었다.

'함께 듣고 함께 율동하는 거였구나.'

유아교육을 전공하지는 않았지만 율동하는 장면을 보는 순간 알았다. 아이와 엄마가 함께 몸으로 놀아주는 것이 중요한 것이었다. 시디를 틀고 아이의 눈높이에서 아이와 함께 놀아주고 율동한다면 가은이도 좋아할 것 같았다.

세 살 네 살의 아이들은 집중력이 약하다. 책을 읽어주는 것보다 시디를 틀고 율동을 함께 하는 것을 좋아한다. 특별한 안무가 있는 것이 아니고 노래에 맞춰 새로운 율동을 함께 만들어 보는 시간을 가졌다. 처음에는 뻣뻣하고 부자유스러운 내 모습이 어색했다. 하지만 별것 아닌 동작이나 행동에 아이는 크게 웃어 주었다. 엄마와 함께 하는 영어 율동 시간을 아이는 즐거워했고 기다리게 되었다. 별다른 도구나 방법도 없었다. 매일 정해진 시간에 시디를 크게 틀고 한바탕 몸으로 노는 것이 전부였다. 서로의 동작을 보며 배를 잡고 웃기도 했다. 하다 보면 땀이 나고 기분이 좋아졌다. 그 순간 모든 걱정과 두려움이 사라지고 내 아이와 나만 존재하는 세상이 생긴 것 같았다.

3. 뉴욕 여행

2019년 우리 가족은 뉴욕 여행을 갔다. 가은이는 책에서 본 자유의 여신상을 직접 보고 싶어 했다. 범죄가 빈번히 일어나고 지저분하다는 뉴욕을 가는 것은 썩 내키지 않았다. 부모가 자식을 이길 수 없었다. 한편으로는 한국에서 공부한 영어를 미국에서 통하는지 확인해보는 좋은 기회라는 생각도 들었다. 딸과 십 년 정도 엄마표 영어를 해온 것들이 정말 효과가 있었는지 궁금했다.

남편과 나는 쉬는 날이 따로 없다. 일 년에 딱 두 번, 설 추석에만 쉬었다. 그래서 명절이 아니면 해외여행이 힘들다. 시댁 어른들의 동의를 얻어 추석 때 가족 여행을 할 수 있었다. 하루 정도 학교에 체험학습 신청을 하면 일주일간의 뉴욕 여행이 가능해 보였다. 이렇게 긴 휴가를 갈 수 있다는 것만으로 설레었다. 제일 먼저 비행기표를 예매했다. 추석 연휴 비행기표는 생각보다 비쌌다. 하지만 자주 가는 것

도 아니고 몇 년 만의 가족 여행이니 그 정도 돈은 쓰기로 했다. 호텔
은 뉴욕 타임즈 스퀘어 근처의 쉐라톤으로 정했다. 짧은 시간 많은
것을 구경하기 위해 시내 한가운데 교통이 편리한 곳을 선택했다.

남편은 사업상 미국을 자주 갔었고 나는 세 번째 미국을 가본다.
하지만 가족 모두가 함께 뉴욕을 가는 것은 처음이다. 첫 미국 여행
을 그것도 미국의 가장 오래되고 번화한 뉴욕을 가는 것에 가은이는
설레어 보였다. 남편과 나는 설레기보다 걱정이 되었다. 온 가족 미
국 여행은 처음이라 긴장되었다. 출발 며칠 전 미국에서 총기 난사가
일어났다. 뉴욕과 거리가 있기는 했지만 걱정스럽고 불편한 마음은
쉽게 사라지지 않았다. 우리 가족이 뉴욕에 있는 동안은 총기 난사
같은 무섭고 끔찍한 일이 일어나지 않기만을 바랬다.

드디어 비행기를 타고 출발했다. 모든 것이 낯설고 신기했는지 가
은이는 비행기 안에서 쉽게 잠들지 못했다. 뉴욕의 JFK공항의 첫인
상은 낡고 웅장했다. 1940년대에 지어진 공항은 그 역사와 규모가
달랐다. 눈이 아플 만큼 밝고 아름다운 조명으로 사람들을 유혹하는
면세점이 가득한 인천공항과 대조적이었다. 한국인 어른의 두 배 정
도 되는 덩치 큰 흑인 경찰이 방향을 가르쳐 주었다. 자기네들끼리
알 수 없는 영어를 주고받으며 떠들었다. 여기가 미국이라는 것을 실
감할 수 있었다. 뉴욕으로 가기 위해서는 일단 지하철을 타야 했다.

지하철을 타는 곳은 공항 밖으로 나가 육교를 건너 다른 건물로 이동해야 했다. 큰 짐가방을 나눠 들고 겨우 길을 찾아 지하철역에 도착했다.

뉴욕의 지하철역은 서울의 지하철역과 달랐다. 퀴퀴한 냄새가 났고 오래되어 지저분하고 복잡했다. 냉방시설이 갖추어 있지 않아 지하철이 오가며 내뿜는 열기를 그대로 담고 있었다. 그렇게 덥지 않은 날씨에도 지하철역은 열기로 후끈거리고 서 있기만 해도 땀이 저절로 흘러내렸다. 사람들 땀 냄새인지 모를 독특한 냄새가 코를 찔렀다. 뉴욕은 냄새부터 강렬한 도시였다. 지하철을 타고 구글 맵의 도움을 받아 호텔에 도착했다.

도착한 다음 날 바로 자유의 여신상을 구경하러 갔다. 자유의 여신상은 뉴욕에서 멀지 않은 리버티섬에 있다. 자유의 여신상 관람의 필수 코스는 크루즈를 타고 사진도 찍고 돌아보는 것이었다. 편안하게 크루즈에서 맨하탄과 자유의 여신상을 배경으로 인생 사진을 건질 생각을 하니 설레었다. 하지만 남편의 실수로 크루즈가 아닌 작고 낡은 요트를 타게 되었다.

요트는 인기가 없었는지 타는 사람도 많지 않아 줄 설 필요도 없었다. 우리가 요트에 올라서자 출발을 했다. 요트는 느리게 물살을 가르며 움직였다. 바람의 방향에 따라 키와 돛을 움직이며 힘겹게 나아갔다. 돛은 바닷바람과 비로 낡아 헤진 부분이 군데군데 보였다. 오래되고 낡아 보였다. 미국의 자유의 여신상을 보려고 멀리서 왔는데 좀 비싸도 화려하고 멋진 크루즈 선을 탔어야 했다. 남편의 실수가 원망스러웠다.

화려한 외관과 웅장함을 자랑하는 크루즈들이 굉음을 내며 여기저기서 물살을 가르며 우리 요트를 앞질러 갔다. 크루즈에 한가득 탄 사람들이 우리에게 손을 흔들어 주었다. 뭐가 그렇게 즐거운지 환호성을 지르고 있었다. 그럴수록 내 기분은 우울해졌다. 우리 요트는 다른 크루즈들의 추월을 허락하며 느리게 자유의 여신상을 향해 나아갔다. 한참을 느리게 가던 요트는 어느샌가 멈칫대고 있었다.

'왜, 자유의 여신상 앞에서 멈추는 거지?'
'여기서 추가 요금을 받으려고 그러는 건가?'
'역시 미국놈들은 팁 안 주면 안 움직이는 거구나.'

이런 생각을 하니 한없이 기운이 빠졌다. 요트는 자유의 여신상 근처에서 맴돌고만 있었다. 기다리기 답답해서 옆에 있던 가은이에게 말을 건네 보았다.

"가은아, 요트가 자유 여신상까지 안 가는 거 같은데."

"왜 가까이 안 가는지 한번 물어봐 줄래?"

"알겠어, 내가 선장님한테 한번 가볼게."

딸은 내 눈치를 보며 선장처럼 보이는 사람에게 다가갔다. 흔들리는 요트 위를 조심조심 걸어가는 가은이를 멍하니 보고 있었다. 선장에게 다가가 이 상황에 대해 질문하는 가은이 목소리가 선명하게 들렸다. 두려움 없이 영어로 질문을 하고 있었다. 그다음 선장의 답변이 이어졌다. 익숙하게 듣던 영어문장은 아니었다.

'진짜 미국인들은 저렇게 말하는구나. 근데 왜 난 하나도 알아듣지 못하는 거지?'

나는 두 사람의 대화를 분명히 듣고 있었지만, 대화 내용을 이해할 수 없었다. 내가 들어오던 익숙한 표현들과 문장이 아니었다.

"엄마, 지금 바람 때문에, 자유의 여신상까지 가기가 어렵대. 시도는 계속해보겠는데 바람의 방향이 자꾸 바뀌고 강해서 힘들다고 하시네. 옛날 방식 요트라서 그런 거래. 그러니 엄마도 마음 좀 풀어."

내 귀에는 무슨 말인지 들리지도 않던 영어를 가은이는 완벽하게 알아듣고 전달해 주었다. 믿을 수 없었다. 어떻게 가은이는 그걸 다 알아들었지? 바로 내 눈앞에서 벌어지고 있던 아이와 선장의 대화를 귀가 있어도 나는 듣지를 못했다. 나는 우리 딸이 영어를 그렇게 잘 듣고 이해할 수 있다는 것에 기쁨과 놀라움을 동시에 느끼던 순간이었다. 미국에 오지 않았으면 자유의 여신상을 구경하려고 이 낡아 빠진 요트를 타지 않았으면 알지 못했을 것이다. 가은이의 영어 실력이 입증되고 확인되었던 순간이었다. 결국 바람의 영향으로 자유의 여신상에 가보지는 못했다. 아쉬움만 남기는 요트투어였다. 하지만 가은이의 영어 실력이 생각보다 뛰어나다는 것을 알게 되었다.

요트는 자유의 여신상 근처만 맴돌다가 출발하던 자리로 돌아왔다. 세 시간 동안의 요트투어를 하는 동안 화장실을 다녀올 수 없었다. 지금 가장 급한 것은 화장실이었다. 요트가 멈추자마자 뒤도 돌아보지 않고 냅다 화장실로 달렸다. 그런 나에게 선장과 선원들이 뒤에서 뭐라고 하는 소리가 들렸다.

'미국인들은 별것도 아닌데 왜 저리 말이 많아. 투어 끝났으면 인사하고 그냥 가는 거지. 조심해서 내리라는 말을 저렇게 길게 하다니.'

화장실을 향해 가느라 정신이 없었다. 화장실을 찾아 시원하게 볼일을 보고 다시 가족들이 있는 곳으로 왔다. 내 얼굴을 보고 불만 섞인 말투로 가은이가 말했다.

"엄마, 구경 잘했으면 오늘 힘들게 요트를 태워준 사람들에게 팁을 달라고 하는 말 못 들었어?"

"그랬니? 화장실이 급한데 그걸 어떻게 듣고 있니?"

"엄마, 그래도 그렇지. 엄마만 팁 안 내고 내렸잖아. 민망하게 왜 그랬어."

팁을 나만 안 내고 내렸다니 민망하기도 하고 부끄럽기도 했다. 하지만 가은이가 미국에서 진짜 미국인들이 하는 영어를 알아듣다니 신기하고 기뻤다. 부끄러움과 기쁜 마음을 동시에 가지고 자유의 여신상 요트투어를 마치게 되었다. 미국 현지에서 영어를 듣고 말하는 것에 가은이는 거침이 없었다. 엄마표 영어의 효과가 입증되는 순간이었다. 뿌듯하고 자랑스러운 순간이었다.

4. 지루할 땐 고구마 빵 만들기

매일 빠지지 않고 아이와 영어를 하는 것이 목표였다. 마음을 강하게 먹었기 때문에 몇 년간은 순탄하게 진행되었다. 엄마표 영어 4년 차가 되었을 때 처음으로 지루함이 찾아왔다.

별다른 이유는 없었다. 그냥 재미가 없고 지루했다.

'엄마표 영어가 지루할 때는 어떤 방법이 있을까?'

그때 우연히 인스타그램이라는 SNS에서 고구마 빵을 보게 되었다. 진짜 고구마처럼 생겼는데 맛도 고구마 맛이 나는 신기한 빵이었다. 사서 먹고 싶었는데 아직 파는 곳이 없었다. 가은이도 그 맛이 궁금하다며 사러 가자고 졸랐다. 하는 수 없이 직접 만들어 보기로 했다. 블로그를 뒤지니 고구마 빵 만들기 레시피가 몇 개 보였다. 그중에서 가장 쉽고 만만해 보이는 것을 골랐다.

레시피를 손에 넣자마자 베이킹 전문 쇼핑몰에서 고구마 빵 재료들을 주문했다. 고구마 빵 열 개 정도 만들 재료가 필요했지만 인터넷 쇼핑몰은 대량 주문만이 가능했다. 빵을 담을 상자는 50개씩 묶음으로 팔고 있었다. 할 수 없이 50개를 주문했다. 다른 재료들도 마찬가지였다. 다 주문하고 보니 고구마 빵 백 개는 거뜬히 만들 수 있을 정도의 재료였다. 주문한 재료들이 도착하기 시작했다. 상자부터 일단 50개가 왔다. 그리고 고구마와 다른 부재료들이 하나씩 도착했다.

눈대중으로 대강 주문한 재료들은 생각보다 많았다. 밀가루는 포대로 사는 것이 싸다는 이유로 제대로 계산 없이 주문했다. 고구마 빵 백 개를 만들고도 남을 양을 주문한 것 같았다. 가은이와 둘이서 이렇게 많은 재료로 고구마 빵을 만들기에는 일이 너무 많아 보였다.

근처에 사는 친구 몇 명에게 도움을 청했다. 다행히 두 명이 흔쾌히 와주겠다고 했다. 아이와 함께 앞치마를 챙겨 토요일 오전에 우리 집으로 오라고 했다. 이렇게 해서 내 친구 두 명과 친구들의 딸 2명이 함께 하게 되었다. 토요일 오전 조용하던 집이 왁자지껄 해지고 아이들의 흥분한 목소리로 정신이 없었다. 어린 시절 명절에 친척이 다 함께 모였던 것처럼 활기가 넘쳤다. 추석에 시골 큰 집에 온 친척들이 모여 송편을 빚으며 웃고 떠들던 생각이 났다.

맨 먼저 제일 큰 찜통에 고구마를 씻어서 쪘다. 다른 재료들을 계량하고 섞어 반죽을 만들었다. 그 사이 아이들은 앞치마를 메고 거실에 둥그렇게 둘러앉아 기다렸다. 떠들고 장난치느라 정신없는 아이들의 모습을 오랜만에 보는 것 같았다. 준비된 반죽으로 고구마 빵을 만들 때는 조용해졌고 표정은 진지했다.

"가은아! 니가 만든 고구마는 모양이 너무 이상한데?"
"아니야, 내가 만든 게 제일 이뻐."
"그래, 미안해. 가은이 고구마 빵 진짜 이뻐."
"채린아! 채린이는 고구마 빵 누구한테 줄려고 만드는 거야?"
"아무도 안 주고 이거 제가 다 먹을 건데요."

처음 만난 아이들과 즐거운 대화를 서슴없이 할 수 있어 좋았다. 장난도 치고 농담도 주고 받으며 모인 사람 모두가 친구가 되어 가고 있었다. 아이들은 요리를 하며 서로 간의 경계와 낯섦을 허물고 있었다. 친근함으로 가까워지고 있었다. 어색함이라고는 찾을 수 없었다. 특별한 이야기도 재미있는 이야기도 아니었지만 누가 이야기를 풀어놓기만 하면 크게 웃고 떠들어 댔다.

고구마 빵을 만드는 시간은 생각보다 오래 걸렸다. 만드는 동안 아이들에게 간단한 영어를 가르쳐보고 싶었다. 자유롭고 긴장이 풀린 상태에서 영어를 가르치면 쉽게 받아들일 수 있을 것 같았다. 하지만 영어를 배워 본 적이 없거나 영어를 모르는 아이라면 역효과가 날지도 모른다는 생각도 들었다. 걱정이 되기도 했지만, 영어를 쉽고 재미있게 일상에서 가르쳐보고 싶다는 나의 의지가 더 강했다. 아이들이 쉽게 할 수 있을 만한 문장을 영어로 질문을 해보았다.

나 : "What's this?"
아이들 : "It's a bread."
나 : "What kind of bread?"
아이들 : "sweet potato."
나 : "Do you like sweet potatos?"
아이들 : "Ye. Ye. Yes."

간단한 질문에 아이들은 서로 대답하려고 경쟁이었다. 억지로 영어 수업을 할 때의 아이들과는 달랐다. 어떤 질문이 나올지 궁금해하며 내 얼굴을 뚫어지게 쳐다보고 있었다. 영어를 모르는 아이도 영어를 좀 아는 아이도 함께 어울려 즐거워했다. 한 마디라도 더 말하고 싶어서 안달하는 모습이었다. 아이들은 영어 단어를 큰 소리로 말하고 있었고 내 목소리에 집중해 주었다. 교실에서 하는 영어 수업과는 딴 판이었다. 더 큰 목소리로 더 많이 말하고 싶어 안달이 난 아이들 같았다. 요리하면서 영어를 가르치는 것은 생각보다 아이들의 호응도가 컸다. 요리하며, 웃고 떠드는 자유로운 분위기가 영어를 듣고 말하는 두려움을 없애 준 것 같았다.

고구마 빵 만들기로 많은 것을 얻었다. 아이들이 요리하는 것을 굉장히 즐거워한다는 것을 알게 되었다. 영어 공부에 부담은 덜어주고 집중력은 올려준다는 것을 덤으로 알게 되었다. 그 후로 엄마표 영어가 지루해지거나 제자리걸음일 때 주변의 아이들을 초대해 함께 요리하고 간단한 영어를 가르쳐 주기도 했다.

5. 가르치지 말고 함께 놀기

엄마표 영어로 아이는 커간다. 몸이 커가는 만큼 아이의 영어 실력도 커간다. 처음에는 알파벳도 다 알지 못하던 아이는 영어단어를 읽어 내고 간단한 문장을 말한다. 영어 동요를 따라 하던 아이는 어느 순간 디즈니 애니메이션을 자막 없이 본다. 수 없이 반복한 애니메이션을 외워서 말하기도 한다. 영어를 즐기고 좋아하는 아이가 되어 가고 있었다.

아이가 영어를 좀 한다 싶으면 엄마는 고민이 된다. 잘할수록 더 잘하게 하고 싶은 욕심이 생긴다. 다른 것들도 더 시키고 싶어진다. 배움의 적기가 있다던데 이때를 놓쳐서는 안 된다는 조급함으로 불안해진다. 이런 궁금증을 물어볼 선배나 또래의 엄마들도 없으니 답답하다. 그래서 집 근처 대학의 평생교육원에 어린이영어지도사 과정을 등록하게 되었다. 내가 모르고 있던 것들을 배울 수 있다는 생각에 설레었다. 커리큘럼을 보니 엄마표 영어의 방향성을 찾고 전문성도 어느 정도 확보할 수 있어 보였다. 토요일 오후 2시부터 밤 8시까지 수업을 들어야 했다. 토요일에 하고 있던 다른 일들을 과감하게 정리했다.

어린이영어지도사 수업은 내가 몰랐던 어린이영어 교수법에 대한 새로운 생각을 가지게 해주었다. 파닉스 수업부터 초등 고학년 문법을 가르치는 것까지 다양한 것들을 배울 수 있었다. 전문가의 생생한 시연을 눈앞에서 보며 수업 방법을 익힐 수 있었다. 학생들의 수준에 맞는 수업을 어떻게 구성해야 하는지도 체계적으로 배울 수 있었다.

'역시 전문가들은 다르구나? 나도 연습해서 저렇게 해봐야겠어.'

주먹구구식으로 아이와 집에서 영어를 하던 나의 방식과는 달랐다. 수년간 어린이영어를 가르쳐온 고수들의 방법은 열정적이고 화려했다. 목소리와 발음부터가 달랐다. 하지만 수업을 들으면 들을수록 내가 과연 내 아이와 집에서 저렇게 할 수 있을까 하는 생각이 들었다. 내 아이 하나를 가르친다고 너무 많은 시간과 노력을 들여야 하는 것처럼 보였다. 준비하는 엄마가 지쳐서 오래가지 못할 것 같았다.

어린이 영어지도사 과정을 통해 영어를 가르치는 다양한 수업방식을 이론과 실습을 통해 배우게 되었다. 하지만 대형 학원이나 학교의 방과 후 수업을 듣는 다수의 학생을 가르치는 것에 맞도록 고안되어 있었다. 집에서 내 아이를 가르치는 것과는 달라 보였다. 어느 정도 인원이 있어야 실제로 수업에서 배운 내용을 써먹을 수 있어 보였다. 결론은 어린이영어에 대한 눈은 넓혀 주었지만, 집에서 엄마가 아이를 가르치는 것에는 적용이 어려워 보였다. 엄마표 영어로 아이와 함께 배우고 성장하고자 하는 엄마에게는 너무 번거롭고 복잡해 보였다. 당장 내 아이에게 가르치고 써먹을 수 있는 것은 몇 개 되지도 않았다.

결정적으로 전문가들의 화려한 기술과 군더더기 없는 수업 노하우는 따라갈 수가 없어 보였다. 원어민에 가까운 발음도 나에게는 멀게 느껴졌다.

주말 저녁에 우리 세 식구가 모였다. 저녁을 먹고 잠들기 전까지 영어 시디만 틀고 텔레비전은 틀지 않는 것이 약속이었다. 흥겨운 영어 노래가 나오면 같이 몸을 움직이며 따라 부르기도 하는 것이 일상이었다. 하지만 그날은 시디를 틀지 않고 우울한 표정으로 넋이 나간 채로 앉아 있었다.

"매일 시디 틀어줘야 한다더니 오늘은 건너뛰는 거야?"

가만히 있는 내가 걱정스러웠는지 남편이 먼저 물어본다. 맥 빠진 표정으로 앉아 있는 내가 꽤 신경이 쓰인 것 같았다.

"내가 발음도 별로고 가르치는 것도 시원찮은데 계속 엄마표 영어 해야 할지 고민이야."

"갑자기 무슨 일 있었어? 잘하고 있었는데 왜 그래?"

"괜히 이렇게 가르치다가 가은이 영어 망치는 게 아닌가 해서."

"그냥 하면 되지. 무슨 소리야?"

"전문가들 하는 거 보니까 내가 안 하는 게 나을 것 같아서 그래."

어린이영어 지도사 과정을 듣고 오히려 자신감이 없어졌다는 것을 남편에게 말해 주었다.

"전문가면 뭐해? 그래도 가은이는 엄마하고 영어 할 때 젤 즐거워 하잖아."

"그래도 발음하고 다 신경이 쓰인단 말이야."

"그런 게 뭐가 중요해? 우리 가은이한테는 당신 방법이 최고야."

생각해 보니 남편의 말이 틀리지 않았다. 가은이는 내가 영어로 놀아주고 함께 장난치는 것을 좋아했다. 영어 동요를 함께 부르며 율 동하는 것을 즐거워했다. 영어 노래에 맞추어 뛰고 구르며 소리를 지르는 시간을 기다렸다. 영어 하는 시간은 서로를 간지럼 태우며 숨이 넘어갈 정도로 웃을 수 있었다. 엄마와 장난치고 웃는 시간이 가은이에게 가장 행복한 시간 같았다. 그 어떤 전문가라도 흉내 낼 수 없는 것이 가은이와 나의 영어 수업 같았다. 오직 엄마이기에 가능한 일이었다. 내 아이를 즐겁게 웃을 수 있게 하는 것은 영어 전문가의 기술과 유창성이 아닌 아이를 진심으로 사랑하는 엄마의 마음이었다.

전문가가 아니라서 영어를 제대로 가르칠 수 없다는 생각은 더 하지 않게 되었다. 오히려 엄마라서 가능한 것들이 있다고 생각했다. 전문가를 흉내 내려 하지 않고 그냥 놀아주기로 했다. 숨바꼭질하면서 간단한 영어를 써보고 줄넘기를 하면서 영어로 숫자를 세기도 하고 잡기 놀이를 하면서 아는 단어와 문장을 이야기했다. 공원을 산책하며 주변의 보이는 것들을 영어로 가르쳐 주었다. 영어로 끝말잇기를 하며 주말 시간을 보내기도 했다. 새로 배운 영어 노래의 율동을 함께 만들며 즐거워했다.

엄마표 영어는 엄마이기에 특별히 할 수 있는 일들이 있다. 전문가를 흉내 내려 하지 말고 엄마답게 하는 것이 최고다. 엄마이기 때문에 내 아이와 할 수 있는 영역이 엄마표 영어이다. 발음도 어색하고 가르치는 방법도 세련되지 못하지만 내 아이를 즐겁게 해줄 수 있는 일을 가장 잘 아는 사람이 엄마이다.

6. 다 함께 성장하기

영어를 좋아하지 않았다. 중학교 때 처음 접한 영어는 어렵고 지루했다. 학교 시험을 위해 억지로 공부해야 하는 과목 중 하나일 뿐이었다. 대학 가서는 취직을 위해 영어 공부를 하게 되었다. 토익 성적이 필요했다. 하기 싫은 영어를 계속해야 했다. 또 어쩌다 보니 좋아하지도 않던 영어를 가르치게 되었다. 회사 다니며 월급을 받는 사람들보다 보수가 꽤 좋았기 때문이다. 아주 잘 나가는 1타 강사는 아니더라도 인기도 꽤 있었다. 영어를 가르치면서 울렁증은 조금씩 극복되어 갔다. 적성에 딱 맞는 완벽한 일은 아니었지만 삶을 영위할 수 있게 해주고 생활의 안정을 가져다주는 영어를 가르치는 일이 고마웠다.

내가 영어를 가르치는 부분은 문법과 독해였다. 중학교 고등학교를 성실히 다니며 열심히 공부한 덕이 컸다. 대학교 가서도 토익 공부를 열심히 한 덕분에 남들보다 조금 높은 토익점수를 받을 수 있었다. 영어에 특별한 재능이 있지는 않았다. 미국 유학 경험이 있는 것도 아니었고 회화를 잘하지도 않았다. 노력과 성실함으로 영어를 가르치게 된 것을 감사했다. 이십 대 때 미국 유학이나 연수를 꿈꾸기도 했지만, 집안 형편상 선뜻 선택하기가 어려웠다. 토익을 강의하면서도 회화가 유창한 사람들이 늘 부러웠다.

함께 근무했었던 미국 교포 회화 선생님이 있었다. 한국말이 어색했다. 자유자재로 영어를 구사할 수 있었고 성격이 활달하고 개방적이었다. 소심하고 조용한 나와는 생활방식과 생각하는 스타일도 달랐다. 가르치는 방법도 당연히 달랐다. 교포 회화 강사는 학생들의 참여와 적극적인 태도를 중요하게 생각했다. 늘 활기가 넘치고 수업 시간에 웃음소리가 끊이지 않았다. 대조적으로 내 수업 시간은 조용하고 진지했다. 토익 문제를 푸는 방법과 빨리 답을 찾는 방법이 수업의 중요한 부분이었다. 짧은 시간에 집중적으로 공부해서 높은 점수를 받아야 하는 것이 목표였기 때문이었다. 함께 일하던 원어민 강사와 늘 벽이 있는 느낌이었다. 동료 이상의 친분은 쌓기 어려웠고 쉽게 어울리지 못했다. 내 영어는 반쪽짜리라는 느낌이 들었다. 기회가 된다면 미국에 가서 영어를 다시 배워보고 싶은 생각이 간절했다. 결혼으로 그 꿈은 더 멀어지는 것 같았고 아이가 생기자 그 꿈은 영원히 사라진 것만 같았다.

아이를 낳고도 영어를 가르치는 일은 계속하게 되었다. 영어 회화를 가르치는 것은 아니었지만 듣고 말하기에 약하다는 것이 늘 마음에 걸렸다. 내 아이만은 말하고 듣는 영어를 가르쳐서 회화를 능통하게 하는 사람으로 키우고 싶었다. 듣고 말하기가 된다면 더 많은 기회를 얻고 더 넓은 세상으로 나가 꿈을 펼칠 수 있을 것 같았다. 그래서 아이가 태어나자마자 엄마표 영어에 관심을 가졌던 것 같다. 문법과 독해만 강의해오던 나에게 엄마표 영어는 어려운 숙제 같았다. 내영어도 부족한데 아이의 영어를 어떻게 시작해야 할지 막막했다. 오히려 당장 내 영어가 급해 보였다. 엉성한 발음과 어설픈 회화 실력으로 아이에게 영어를 가르칠 수 있을지 걱정이 앞섰다.

동네 영어 회화 학원이라도 등록해서 먼저 배워야 하나라는 생각도 했었다. 하지만 매일 정해진 시간을 내어서 학원에 다니는 것은 쉬운 일이 아니었다. 해야 할 일이 산더미고 새롭게 해야 할 일들이 자고 나면 생겨나는 것 같았다. 도대체 무엇부터 어떻게 해야 할지 알 수 없었다. 내가 먼저 영어에 자신감을 가져야 한다는 생각이 들었다. 내 발음부터 우선 고치고 아이한테 영어를 가르치든지 말든지 해야 했다. 지금 이런 상태로는 아무것도 할 수 없다는 생각이 들었다.

며칠 전 가은이를 위해 주문한 영어책이 도착했다. 한눈에 보기에도 영어문장이 짧고 쉬웠다. 책의 끝이 둥글게 되어 있어 아이가 장난감처럼 가지고 놀아도 다치지 않아 보였다. 알록달록 다양하고 선명한 색깔로 그림들이 페이지마다 채워져 있었다. 그림만 보아도 충분한 자극이 되고 즐거웠다. 쉬운 단어로 짧은 문장이 한 페이지당 하나 정도 들어 있었다.

'요즘 아이들 영어책은 쉽고 진짜 재미있게 나오는구나.'

쉬워 보였지만 선뜻 읽어 줄 용기는 나지 않았다. 무수히 많은 어려운 단어를 외우고 복잡한 지문들을 분석했던 일들은 동화책을 읽어주는 것과는 별개였다. 모르는 단어도 아니고 어려운 문장도 아닌데 망설여졌다. 엄마표 영어를 하기 위해서는 엄마가 먼저 영어를 말하는 것에 두려움이 없어야 한다는 생각이 들었다. 아이를 위해 산 영어책들을 먼저 시디로 듣고 따라 해보고 문장을 다 외웠다. 외우려 하지 않아도 외워졌다. 최대한 비슷하게 흉내 내려 애를 썼다. 연습의 횟수를 거듭해 갈수록 발음은 달라졌다. 한 권의 책을 아이에게 가르치기 위해 꼬박 일주일은 혼자 듣고 따라 말하기를 수도 없이 반복했다. 입으로 소리 내는 과정을 반복하다 보니 턱이 얼얼하고 혓바닥이 바짝 말라 갈라질 것 같았다. 그래도 연습을 멈추지 않았다.

아이의 영어책을 듣고 읽으며 말하고 듣는 영어에 조금씩 익숙해져갔다. 영어책을 읽어 줄 때 영어로 간단한 질문을 해보면 좋을 것 같았다. 쉬운 단어와 문장이면 어렵지 않게 할 수 있을 것 같았다. 한국어로 아이에게 묻고 싶은 질문들을 노트에 써 보았다. 번역기를 사용해 한글을 영어문장으로 만들었다. 매끄럽지 않은 문장을 고쳐서 암기했다. 책을 읽어주며 간단한 질문을 아이에게 던져 보았다. 이미 수없이 반복해서 외운 문장들이었기에 바로 입으로 나왔다. 어설픈 영어질문에 아이는 신기하게 듣고 대답을 해주었다. 엉터리 문장이었지만 아이는 즐겁게 대답하고 있었다. 스스로 영어를 말할 수 있다는 것에 즐거움을 아는 것 같았다. 영어 동화책을 따라 읽고 질문을 만들어 암기하는 것을 멈추지 않았다. 시간이 허락할 때마다 동화책을 소리 내어 읽고 질문을 수도 없이 연습했다.

아이와 영어로 대화하고 싶다는 나의 열망은 자연스럽게 영어를 듣고 말하는 것을 지속할 수 있게 해주었다. 어떤 일에 이유와 열정은 그 일을 해나가는 원동력과 추진력이 된다. 가은이를 위해 포기하고 싶지 않았고 당당한 엄마가 되고 싶어서 노력했다. 시간이 지나니 어색하고 불안했던 발음이 고쳐지기 시작했고 영어를 듣고 이해하는 것도 조금씩 나아졌다. 나에게 엄마표 영어는 영어에 대한 새로운 도전이었고 내 아이를 위한 포기할 수 없는 목표였다.

7. 온 가족이 함께하기

　엄마표라 이름이 붙은 엄마표 영어는 엄마만 아이를 가르쳐야 하는 것으로 아는 사람들이 많다. 아이에게 영어를 가르치는 것은 엄마 혼자서 하는 외로운 싸움이 아니다. 온 가족이 엄마를 응원하고 아이에게 칭찬을 아끼지 말아야 한다. 처음에는 엄마도 아이도 서투르다. 영어를 가르치던 사람들이 오히려 자신의 아이에게 영어를 가르치는 것을 더 어려워한다. 남을 가르치는 것과 자신의 아이를 가르치는 것은 다르기 때문이다. 남을 가르치는 것은 정해진 시간에 정해진 교재로 가르치면 된다. 가르치는 나이와 대상도 한정이 된다. 즉 어느 정도 정해진 범위가 있다. 돈을 받고 정해진 시간, 정해진 양만큼 가르치면 된다. 하지만 내 아이를 가르칠 때는 남을 가르칠 때 사용되던 법칙이 통용되지 않는다.

　내 아이를 가르쳐야 하는 것은 남을 가르치는 것보다 몇 배는 더 어렵다. 일단은 아이가 어리니 말도 잘 통하지 않는다. 초등학생만 되어도 말을 하면 알아듣는다. 문제를 풀라고 하면 풀고 책을 읽으라 하면 읽는다. 하지만 엄마표 영어를 일찍 시작하면 할수록 엄마들은 힘들다. 어린아이 눈높이에 모든 것을 맞춰야 하고 놀아주어야 한다. 시간 맞춰 시디를 틀어주어야 하고 책도 읽어주어야 한다. 집중력이 길지 않기 때문에 최대한 격렬하고 재미있어야 한다.

아이가 영어를 잘했으면 하는 마음은 모든 부모의 로망이다. 그래서 엄마표 영어에 대한 욕망은 어느 정도 다 있다. 하고 싶다는 욕심만 가지고서는 쉽지 않다. 엄마표 영어도 그러한 것 중 하나이다. 특히 엄마를 비롯한 온 가족의 도움이 없다면 불가능한 일이다. 친정엄마는 아침마다 아이에게 시디를 들려주었고, 주말에는 남편이 아이와 시디를 틀어 놓고 놀아 주려 애를 써주었다. 온 가족이 아이에게 영어를 가르치는 것에 한마음이 되어야 한다.

아이가 세 살 정도면 영어를 공부를 시작해 볼까 하는 마음이 생긴다. 더 일찍 마음을 먹는 엄마들도 있기는 하다. 나도 아이가 세 살 되던 해에 엄마표 영어를 시작한 것 같다. 처음에는 매일 10분 들려주기 정도로 시작해서 점점 그 양을 늘려 갔다. 영어가 늘 들리는 환경을 만들어 주고 싶었다. 하지만 남편은 식사 시간에 영어 시디를 틀어 놓으면 소화 안 된다고 불만을 제기하기도 했다. 맛있는 음식을 음미하며 조용히 먹고 싶다는 것이 남편의 뜻이었다. 기분 좋을 때는 그냥 넘어가고 안 좋은 일이 있으면 괜히 트집을 잡는 것이 남의 편이다. 조금이라도 영어에 더 노출 시켜주고 싶은 내 생각과 부딪혔다. 밥 먹는 시간 쉬는 시간 가리지 않고 계속 틀어 놓아야 한다는 것이 내 생각이었다. 영어에 친숙해지기 위해서 꼭 필요한 일이었다. 조용히 식사하고 싶다던 남편을 설득시켜야 했다. 몇 번의 대화를 하고 난 후 남편은 마지못해 허락했다.

주말에 가끔 나들이를 간다. 가장 먼저 챙기는 것이 차 안에서 틀어 줄 영어 시디와 DVD였다. 두세 시간 걸리는 여행을 간다면 아이가 좋아하는 애니메이션 시디는 필수다. 그럴 때 꼭 남편은 라디오로 뉴스를 들으려 한다. 라디오 끄고 시디 틀자고 하면 마지못해 들어주긴 한다. 하지만 남편의 표정은 아쉬운 모습이 역력하다. 출발할 때 영어 동요를 틀어 놓기도 한다. 출발할 때부터 들려준 영어 동요를 돌아오는 차 안에서는 온 가족이 함께 부르기도 했다. 알파벳을 배우고 영어책을 읽어나가던 딸은 차를 타고 지나가다 만나게 된 영어로 된 간판을 읽을 수 있게 되었다. 남편은 어린 딸이 영어를 읽을 줄 안다는 것을 신기하게 생각했다.

명절에 시댁으로 갈 때도 영어 시디를 들으며 간다. 고속도로에서 차가 막히더라도 짜증이나 조급함이 생기지 않았다. 영어 많이 듣고 공부할 시간이 늘었다는 건데 나쁠 게 없었다. 이제 말 안 해도 남편은 알아서 시디를 틀어주고 아이와 함께 노래하는 아빠가 되었다. 불평 없이 시디를 틀어주고 아이 영어에 대해 함께 이야기할 수 있는 아빠가 되어 갔다. 묵묵하게 운전해주는 남편이 듬직하고 고마웠다.

명절에 시댁에 가게 되면 가은이는 그동안 배운 영어 노래와 영어 동화를 할아버지 할머니 앞에서 선보인다. 할아버지는 영어는 모르시지만 어린 손녀가 하는 재롱이 이쁘고 기특해서 칭찬을 크게 해주신다. 용돈도 두둑하게 주신다.

"우와! 가은이는 진짜 대단하구나. 우리 가은이 영어 최고로 잘한다."
"할아버지, 진짜야? 엄마랑 연습 많이 해서 그런거야."
"그렇구나, 가은이는 벌써 영어를 이렇게 잘해서 뭐가 되려고 그러니?"

아빠와 할머니, 할아버지의 칭찬 속에서 아이는 희망과 용기를 키워나간다. 할머니 할아버지 앞에서 영어로 뭔가를 하면 칭찬과 용돈을 받는다는 것을 알게 된 뒤부터는 멈추게 하는 것이 오히려 어려웠다.

명절의 마무리는 친정이다. 시댁에 인사를 다녀오고 마지막으로 친정을 방문한다. 친정 식구들은 아이의 영어 재롱을 보기 위해 거실에 삥 둘러앉아 그 누구보다 열렬한 환호를 해준다.

"우와 우리 가은아 진짜 잘하네."
"가은아! 가수해도 되겠다. 영어 노래 넘 잘해."
"가은아 니가 이렇게 노래 잘하는지 할아버지는 몰랐네."

아이의 영어 노래에 어른들의 박수와 칭찬은 아이에게 큰 자부심을 심어 주었다. 아이는 가족 행사가 있는 날이면 누가 시키지 않아도 앞에 나서서 영어 노래를 하게 되었다. 음과 박자가 맞지 않았고 끝까지 다 못 할 때도 있었다. 하지만 어른들의 칭찬과 격려는 아이의 마음에 부끄러움이라는 짐을 덜어 놓게 했다. 영어로 행하는 일들이 칭찬받는 즐거운 일이라는 것을 알게 해주었다.

8. 유치원 발표회

유치원 졸업전 발표회를 한다. 유치원을 다니며 그동안 배운 것을 부모님을 초대하여 보여주고 발표하는 날이다. 일 년에 딱 한 번 있는 뜻깊은 날이라 일이 아무리 바빠도 가야 했다. 일과 집안일로 몸도 피곤하고 정신도 없었다. 당장 무엇을 입고 갈지가 걱정이었다. 늘 입던 허름한 티셔츠와 청바지 빼고는 옷이 없었다. 특별히 나갈 때도 없는데 새 옷을 산다는 것은 돈이 아까운 생각이 들었다. 하지만 유치원 발표회에 이쁜 옷을 입고 머리에 힘을 주고 나타나는 엄마들 사이에 내가 너무 튀어 보일 것 같았다.

평소에도 옷차림에 별로 신경을 쓰지 않았다. 입고 편하면 되는 것이지 유행에 맞게 갖춰 입는 스타일도 아니었다. 평소에 옷을 잘 사지도 않았고 무조건 편한 옷이면 최고였다. 하지만 유치원 발표회는 다르다. 다른 엄마들 사이에서 유독 낡은 옷을 입은 엄마를 보고 창피해할 것 같았다. 혹시나 해서 남편에게 도움을 청했다.

"오빠, 나 가은이 발표회 가는데 옷 좀 사주면 안 될까?"
"옷장에 있는 거 그냥 입으면 되지 무슨 새 옷이야?"
"아니... 너무 낡았잖아. 그날 이쁘게 하고 오라던데."
"그냥 입던 거 입어. 회사 형편도 어려운데 옷 타령은."

남편한테는 씨도 안 먹히는 이야기였다. 하는 수 없이 옆집 친한 동생에게 옷을 빌리기로 했다. 썩 마음에 드는 것은 아니었지만 그래도 집에서 입던 옷보다는 나았다. 유치원 발표회 날이 되었다. 꼭 참석하라는 아이의 간곡한 말이 바쁜 우리 부부를 유치원으로 향하게 했다. 남편 차를 타고 가는 내내 무거운 분위기가 가득했다. 바쁘기만 하고 돈은 되지 않아 예민할 때로 예민한 남편이었다. 이럴 때는 머릿속으로 다른 생각을 하면서 조용히 있어야 한다.

유치원 주차장에 도착했다. 주차장 맞은편에서 우리 차를 보고 딸아이가 반갑게 달려 나오고 있었다.
"엄마 왜 이렇게 늦은 거야?"
"아빠가 일하던 게 있어서 출발이 늦었어. 미안해."
"또 안 오는 줄 알았잖아. 그래도 왔으니까 너무 좋아."

다른 부모들보다 늦게 도착한 우리 부부를 기다리느라 발을 동동 굴렀을 딸을 생각하니 마음이 불편했다. 유치원 담임 선생님도 나를 보시더니 안도의 한숨을 쉬셨다. 우리 부부는 바빠서 유치원 행사에 참석해 본 적이 없었다. 혹시나 이렇게 큰 행사에도 안 올까 봐 선생님도 무척 기다리신 눈치셨다. 딸아이는 내 손을 꼭 잡고 유치원 구석구석을 구경시켜 주었다. 가는 곳곳마다 아이들의 그림과 만들기 작품들이 전시되어 있었다.

"엄마 이거 내가 그린 거다. 잘 그렸지?"
"엄마, 엄마, 이거 내가 만든 호랑이야. 진짜 멋있지 않아. 이거 엄마하고 아빠한테 꼭 보여주고 싶었던 거야."

이곳저곳을 지나가며 자신이 한 그림과 만들기가 나올 때마다 자랑하느라 정신이 없었다. 바쁘다고 신경도 제대로 써주지 못했는데 이렇게 잘하고 있었다니 미안한 마음과 뿌듯함이 교차했다.

맨 뒷자리에 남편과 자리를 잡고 앉았다. 원장님의 개회사를 시작으로 아이들이 하나둘 반별로 나와 춤도 추고 노래도 했다. 드디어 우리 딸 반의 발표가 시작되었다. 갑자기 어둡던 무대가 밝아지며 여자아이 한 명과 남자아이가 영어로 대화를 주고받았다. 순간 내 귀를 의심했다. 맑고 또렷한 목소리의 영어 발음은 우리 딸이 틀림없었다. 딸아이의 유창한 발음과 큰 목소리는 다른 사람들을 집중하게 할 만큼 강렬했다. 그렇게 남녀 주인공이 대화를 시작하고 노래를 부르기 시작했다. 그리스(Grease)라는 뮤지컬의 썸머 나이트(summer night)라는 곡이었다. 남, 녀 주인공이 서로 관심을 표현하는 경쾌한 노래였다.

지켜보는 내내 숨을 쉴 수 없을 정도로 긴장이 되었다. 무대 위 딸아이와 함께 호흡하고 숨을 쉬고 있었다. 너무 집중하느라 주먹을 세게 쥐었더니 무대가 끝나자 손을 펴기가 어려웠다. 내가 무대에 선 것도 아닌데 다리가 후들거리고 혼이 나간 것처럼 기운이 없었다. 나와 눈이 마주친 남편도 한동안 말이 없었다. 딸아이가 영어를 하는 것에 지지와 응원은 해주었지만 실제로 얼마나 잘하고 얼마나 유창한지는 남편도 몰랐다. 무대를 마치고 내려가는 딸의 모습이 씩씩하고 당당해 보였다.

아이들이 무대에서 사라지고 불이 켜지자 내 정신도 돌아온 것 같았다. 주위에서 엄마들의 웅성거림이 내 귀에 들려왔다.
"저 여자 주인공 아이는 뭔 영어를 저렇게 잘한다니? 영어 유치원 다니다가 이번에 여기로 온 아이가 저 아이 아닌가?"
"아니야, 가족끼리 1년 미국 나갔다 온 아이가 저 아이일 거야"
내 딸은 영유를 나오지도 미국은커녕 해외여행 한번 나갔다 온 적이 없는 아이였다. 오로지 나와 집에서 영어 시디를 듣고 동화책을 읽었을 뿐이었다. 내 딸은 그런 게 아니라고 말하고 싶었지만, 꾹 참고 있었다.

유치원 발표회를 마치고 나가려는 나를 외국인 선생님이 따로 부르셨다. 가은이가 영어 수업 시간에 늘 적극적이고 열심히 한다고 칭찬해 주셨다. 영어 시간에 잘 알아듣지 못하거나 어려워하는 친구들이 있으면 도와주었다고 하셨다. 이번 발표회도 걱정이 많았는데 가은이가 잘해주어서 무사히 끝낼 수 있었다고 하셨다. 아이의 칭찬을 외국인 선생님에게 듣다니 날아갈 것 같았다. 다른 엄마들이 외국인 선생님의 칭찬을 받는 내 모습을 지켜 보고 있었다. 부러움과 질투의 눈빛을 동시에 느꼈다.

매일 시디 틀고 책을 읽어주면서 아이와 함께한 시간 들이 떠올랐다. 힘들고 지칠 때도 있었지만 포기하지 않고 견뎌온 내 자신이 대견했다. 옷이 없어 빌려온 옷을 입고 발표회에 왔지만 뿌듯하고 자랑스러웠다. 옷 같은 것은 중요하지 않았다.

'나, 외국인 선생님한테 칭찬받는 엄마야.'
그 어떤 명품 옷을 입은 사람보다 당당하고 자신감이 넘쳤다.

9. 미국 가서 살꺼야

우리 부부는 눈코 뜰 새 없이 바빴다. 아이를 친정집에 맡겨야 했다. 다리가 불편한 친정엄마에게 죄송했다. 덕분에 육아에서 해방되어 내가 하는 일에서 전문성을 갖추게 되었다. 적지 않은 돈을 벌어서 한 푼도 쓰지 않고 모았다. 하지만 밑 빠진 독에 물 붓는 것처럼 벌어 놓기 무섭게 남편 사업으로 빠져나갔다. 가은이가 초등학교에 입학하면 데리고 오겠다던 계획은 자꾸 미뤄지고 있었다.

남편은 밤낮으로 사업계획서를 썼다. 입찰에 붙었다고 연락 오는 곳은 없었다. 그나마 지인을 통해 받아온 일이 몇 개 있어 근근이 버텼다. 하지만 다음을 생각하니 눈앞이 캄캄했다. 직원들은 제대로 프로그램을 짤 줄도 몰라서 엉터리로 일을 해놓고 가기가 일쑤였다. 직원들이 잘못한 것들을 고치느라 밤새는 날이 많았다. 열심히 사는 데 왜 나아질 기미가 보이지 않는지 답답했다. 삶이 팍팍하고 짜증스러웠다.

드디어 가은이가 초등학교 5학년이 되던 해에 우리 가족이 함께 살게 되었다. 생활의 안정이 찾아와서가 아니었다. 몸이 불편한 친정 엄마에게 가은이를 계속 맡길 수가 없었다. 한쪽 귀가 들리지 않으시고 다리가 불편하신 친정엄마의 건강이 염려스러웠다.

아이와 함께 살게 되면 너무 행복하고 즐거울 것 같았다. 하지만 가은이는 원하는 것이면 무엇이든 들어 주시는 외할머니에게 익숙해져 있었다. 친정엄마에게 외손녀는 눈에 넣어도 아프지 않은 존재였다. 너무 귀하고 이뻐서 잔소리는커녕 아이가 먼저 요구하기도 전에 뭐든지 척척 해주셨다. 딸 아이는 스스로 할 수 있는 것이 거의 없었다. 조금만 힘이 들고 어려우면 투정을 부렸다. 버릇없고 이기적인 아이가 되어 있었다. 참을성도 없고 귀찮은 일은 무조건 피하려 했다.

아침 시간은 눈 뜨자마자 시디를 튼다. 세 살부터 항상 해온 일이라 어색하지 않고 자연스럽다. 가만히 듣고 있던 가은이의 표정이 썩 밝지 않았다. 이사 온 뒤로 자기 마음대로 되지 않는다고 자주 심통을 부렸다. 오늘은 아침부터 뭐가 마음에 안 드는 게 있는 것 같았다. 무슨 트집을 잡고 짜증을 부릴지 걱정이 되었다.

"엄마, 이제 이거 너무 시시해. 다른 재밌는 시디 없어?."

"가은아, 들어도 잘 모르면 외워질 때까지 계속 듣는 거야. 너 이 내용 다 외웠니?"

"엄마, 외우지는 않았는데, 하도 들어서 무슨 내용인지는 다 알아. 그러니까 더 빠르고 어려운 시디 좀 찾아줘."

오늘은 아침부터 시디를 가지고 아이와 실랑이를 하게 되었다. 자꾸 더 어렵고 복잡한 시디를 구해 달라고 했고 나는 내용을 모두 알 때까지 계속 들어야 한다며 굽히지 않았다. 혹시나 해서 대학 때 영어 공부하던 미국 시트콤을 유튜브에서 찾아주었다.

'어려울 텐데. 다시 원래 시디 듣자고 하겠지.'

큰 기대 없이 시트콤을 틀었다.

"엄마, 이거 왜 이렇게 재밌어? 맨날 듣던 시디보다 훨 재밌네."

"너 이거 이해가 되니?"

단번에 시트콤을 좋아하게 되었다. 그때부터 가족들이 함께 볼 수 있는 시트콤을 찾아 유튜브로 보여주게 되었다.

일어나자마자 유튜브로 시트콤을 보게 되었다. 등교 전 30분 정도 미국 시트콤을 보고 그 안에서 벌어지는 일들을 남편과 나에게 이야기해주는 것이 가은이 하루의 시작이 되었다.

"엄마, 오늘 저 쌍둥이들이 막대기 사탕 하나 때문에 엄청 싸웠어, 근데 저 사탕 나도 진짜 한번 먹어 볼 수 없을까? 미국 사람들은 막대기 사탕도 너무 큰 거 같아".

"엄마, 아빠, 쌍둥이 집에서 오늘은 thanks giving party 하는데 손님들 드레스 코드가 너무 웃겨. 쌍둥이네 가족들이 쌍둥이들이 좋아하는 캐릭터 옷을 손님들에게 입고 오라고 한 거 있지. 저런 옷을 입고 파티를 하면 정말 재미있을 것 같은데 엄마는 어때?"

가은이는 시트콤의 대화 내용을 거의 다 이해하고 있었다. 여태까지 매일 영어를 들려주던 방법이 미국 시트콤을 이해하게 해줄지는 몰랐다. 매일 아침 이야기해주는 미국 쌍둥이 가정의 이야기를 듣는 것은 큰 기쁨이었다. 어느 날 시트콤을 보던 가은이가 엉뚱한 질문을 했다.

"엄마, 미국에 살면 정말 행복할 것 같지 않아?"
"글쎄, 엄마는 대한민국이 젤 좋은데."
"엄마, 나도 언젠가는 미국에 가서 살고 싶어."
"뭐라고? 미국에 놀러 간다고?"
"아니, 그게 아니라 미국 가서 살 거라고."

가은이는 진심으로 하는 말이라는 것을 알게 되었다. 엄마표로 세 살부터 영어를 접해온 아이는 영어를 듣고 이해하는 것에 두려움이 없었다. 지금까지 지속적인 영어에 대한 노출은 자연스럽게 미국 시트콤을 이해하게 해주었다. 시트콤을 보며 미국이라는 나라에 대한 동경과 친밀감이 생긴 듯했다. 가은이는 단순한 미국 여행이 아닌 미국에 사는 것에 대해 고민하기 시작한 것 같았다.

"가은아, 미국에 가서 살려면 영주권을 받아야 해. 미국 회사에 취직해서 너의 능력을 인정받으면 영주권을 받아서 미국서 살 수 있어."

"그래, 아빠 그러면 어떻게 해야 하지?"

"일단 가은아, 영어 공부는 계속해야 해, 그리고 학교 공부도 열심히 해서 대학을 미국에 가거나 미국 회사에 취직하는 거야. 그렇게 하려면 생각하는 것 보다 공부를 열심히 해야 한단다".

이때부터 가은이는 변하기 시작했다. 수학을 어려워하고 싫어해서 수학학원 앞에서 도망가기도 했던 아이가 달라졌다. 공부를 열심히 하기 시작했다. 풀기 어려운 수학 문제를 포기하던 아이는 어려운 수학도 풀려고 애를 쓰고 밤늦게까지 공부를 하고 있었다. 쉬운 문제도 잘 틀린다고 주의를 받던 아이는 열심히 하고 성실한 아이라는 수식어가 붙게 되었다. 학기가 끝날 즈음 학교 담임 선생님의 칭찬과 격려의 전화를 받게 되었다. 영어 이외의 과목에서는 늘 뒤처지고 부진하던 아이가 달라졌다. 가은이는 미국에 가서 공부하고 취직해서 살고 싶다는 꿈을 꾸고 있었다. 그 꿈을 목표로 계획을 세우고 착실히 공부해나가는 딸을 응원하게 되었다.

영어로 인해 아이는 자신의 꿈을 꾸고 미래를 위해 노력하는 사람이 되었다. 학업으로 힘들어하지 않았고, 공부하기 싫다고 떼쓰며 우리 속을 썩이지도 않았다. 남편과 나는 가은이의 꿈을 응원하고 격려해주고 있다. 이제 중학생이 된 아이는 학교생활을 그 누구보다 열심히 하고 배움을 즐거워하고 있다. 사춘기로 애를 먹일 줄 알았던 아이는 스스로 결정하고 노력하는 아이가 되어갔다. 미국에 가겠다는 꿈을 꾸고 꿈을 실현하기 위해 성실히 공부하고 있는 딸은 우리 부부의 자랑이다.

제3장

엄마표를 위한 필수품

1. 열정을 가져라

부모가 자신의 아이를 가르치는 것은 어렵다. 어렵고 힘든 일이라고 처음부터 시도하지 말라는 이야기들을 하기도 한다. 자신의 시간을 투자하고 고생해서 자기 자식을 가르치는 일은 별로 득이 없기 때문이기도 하다. 아이와 부모의 관계가 나빠지고 스트레스까지 생긴다. 그래서 엄마표로 아이에게 영어를 해 보겠다는 사람은 많아도 제대로 성공한 사람은 잘 없다.

대학교에 가니 영문법을 몰라도 영어를 유창하게 하는 친구들이 있었다. 어려운 단어를 많이 아는 것도 아닌데 쉬운 단어로 외국인 교수님과 대화하는 모습이 신기했다. 복잡한 문법은 몰라도 자신이 하고자 하는 말을 영어로 쉽게 하는 모습이 인상 깊었다.

"어쩜 그렇게 영어를 잘하니? 외국인 교수님 말씀을 어떻게 알아

듣고 그렇게 대답을 할 수 있지?"

"별거 아닌데. 그냥 다 들려. 그게 뭐 어렵니?"

"그러니? 나는 말하고 듣는 것이 어렵고 힘든데."

"나는 문법을 하나도 모르겠어. 문법 많이 안다고 말을 잘 할 수 있는 건 아닌 거 같아."

영어 회화를 잘했던 내 친구는 유난히 외국인 교수님과 사이가 좋았다. 영어로 대화를 하는 모습이 보기가 좋았고 부러웠다. 자신감 있고 당당한 모습이 특히 마음에 들었다. 영어만 잘하면 다양한 사람들을 만나고 넓은 곳으로 나갈 수 있어 보였다. 그 친구는 어린 시절을 가족과 캐나다에서 3년을 보낸 친구였다. 발음과 제스처가 원어민처럼 자연스럽고 유창했다. 아무리 노력해도 흉내 내지 못할 부분이었다. 영어책을 소리 내어 통째로 외우기도 하고 새로운 문장 만들기를 하면서 영어 회화 실력을 늘려보려 애를 썼다. 1년이 지나니 어느 정도 간단한 회화가 가능해졌다. 생각보다 노력과 시간이 많이 드는 일이라는 것을 알게 되었다.

영어 회화는 시간과 노력이 많이 든다고 생각해서 엄마표 영어를 일찍 시작했다. 해외에 나갈 수 없다면 한국에서 영어를 할 수 있는 방법을 찾아야 했다. 과연 한국에서 가능한 일인지 확신은 없었다. 엄마표 영어를 성공한 사람들의 책을 읽거나 경험담을 들으며 마음을 단단하게 먹어야 했다. 경험도 없고 열정만 있었던 초보 엄마에게 엄마표 영어는 쉽지 않았다. 급하게 서둘러 시작했기 때문일까 슬럼프가 왔다.

'도대체 무엇을 어떻게 해야 하는 걸까?'
'내 아이는 잘 따라오고 있는 걸까?'
'내 방법이 맞을까?'

1년간의 엄마표 영어 성과는 참담했다. 그동안 사들인 시디와 책으로 온 집안이 장식되어 있었다. 내가 제대로 하고 있는지 의문스러웠다. 몇 마디 영어로 하긴 하지만 다른 아이들에 비하면 턱없이 부족해 보였다. 답답하고 갑갑했다. 당장이라도 다른 엄마들이 보낸다는 유명 학원에 보내야 하나 걱정이 되었다.

이곳저곳 엄마표 영어 설명회를 쫓아다녔다. 열심히 듣고 필기를 했다. 설명회가 끝나면 마지막까지 기다렸다가 강사에게 궁금한 점들을 물어보았다. 돌아오는 대답은 만족스럽지 않았다. 어떤 강사는 자신이 홍보하는 책을 사라고 권하기도 했다. 또 어떤 강사는 자신이 근무하는 학원의 수업을 들으라 유혹하기도 했다. 엄마표 영어를 대신 고민해주고 답을 가르쳐주는 곳은 없었다.

서점을 뒤지고 뒤져서 책을 한 권 찾았다. '잠수네 아이들 영어'라는 책이었다. 엄마표 영어에 관련된 내용부터 어린이영어를 가르치는 것에 관해 가장 방대한 자료를 담고 있었다. 영어를 어떻게 시작할지부터 어떤 책을 어떤 시기에 읽혀야 할지를 상세히 담고 있었다. 너무 많은 내용과 자료가 담겨있었다. 혼자 빠르게 읽어 낼 책이 아니었다.

여기저기 알음알음 아는 사람들을 모았다. 내 또래 엄마들을 찾아내 우리 집에 모이게 했다. 엄마표 영어모임을 하자고 했더니 다 바쁘다는 핑계를 댔다. 영어에 자신이 없거나 아이에게 영어를 가르치는 것을 두려워했다. 그래서 아이 육아서에 관한 책을 읽고 토론하는 것이라 주제를 슬쩍 변경했다. 영어라는 말만 들어가면 질색하던 사람들도 아이 교육에 관한 책을 읽자고 하니 반응이 나쁘지 않았다.

모임 날짜를 정하고 자신들이 발표할 분량을 정해 주었다. 책 한 권을 가지고 한 달 동안 하는 모임이었다. 서로 조금이라도 적게 읽고 정리해오려고 안간힘을 쓰는 것처럼 보였다. 첫 모임은 의욕만 앞섰던지 별 수확이 없이 끝이 났다. 생각했던 방향으로 흘러가지 않았다. 모임에 참석한 사람들에게 조금이라도 필요한 정보를 주고 참여도를 높이기 위해서는 내가 변해야 했다. 잠을 설쳐가며 공부하고 준비를 했다. 어려운 용어를 쉽게 정리해서 설명하고 실제 아이와 해볼 수 있는 것을 찾아 준비했다. 조금씩 엄마표 영어를 위한 내용을 추가했다.

처음에는 별로 관심 없어 하던 지인들도 나의 노력에 칭찬과 격려를 아끼지 않았다. 유아부터 고등까지 영어교육에 대한 전반적인 내용을 알게 되었다고 한다. 엄마표가 아니더라도 아이의 영어교육에 대한 흐름을 알게 되었다고 한다. 하지만 이 모임으로 가장 이득을 본 사람은 나였다. 그 책을 온전하게 내 것으로 만들게 되었고 엄마표 영어에 대한 밑그림이 그려지기 시작했다. 내 아이의 영어가 어느 단계쯤 와있으며 앞으로 어떻게 해야 할지의 감이 생겼다. 포기하지 않고 구하려고 애쓴 노력의 결과였다.

'잠수네 아이들 영어'를 수십 번을 읽었다. 아이가 중학생이 되었지만 지금도 가끔 필요해서 찾아보는 책이다. 맨날 시디 틀어주기만 하던 나에게 새로운 방향으로 엄마표 영어를 보게 해주었다. 잘 정리된 책 한 권이면 충분했다. 그 속의 내용과 자료를 얼마나 어떻게 내 것으로 만들어 활용하느냐가 중요했다. 구하고자 찾고자 하는 열정이 있었다. 내가 잘하고 있는지 앞으로 얼마나 어떻게 해야 할지 늘 고민했다.

모든 것은 내 안에 있었다. 엄마표 영어에 대한 하고자 구하고자 하는 마음의 불꽃이 중요했다. 힘들고 어려워도 답을 찾는 과정을 포기하지 않았다. 그러한 과정 없이는 자신이 찾는 것은 영원히 구하지 못한다.

2. 인연을 만들어라

엄마표 영어 초보자는 외롭다. 처음 엄마표를 시작할 때 정보와 경험 부족으로 쉽지 않다. 주변의 시선도 이겨내야 한다.

"엄마표 영어? 그거 효과 없데".

"발음도 안 좋은데 무슨 영어책을 아이에게 읽어주니?"

"그냥 돈 좀 더 보태서 학원 보내는 게 나아. 집에서 시키면 실력 안 늘어."

만나는 사람마다 걱정과 불신만 가득했다. 나중에는 엄마표 영어 한다고 밝히기가 두려웠다. 엄마표 영어는 성공사례보다 하다가 포기하고 실패한 사례가 수도 없이 많았다. 엄마표 영어로 충분히 영어로 말하고 듣기를 가르칠 수 있다고 생각했다. 나의 의지만 있다면 가능하다 생각했다. 하지만 흔들리지 않고 내 길을 가려는 것이 어렵고 험난했다.

초등학교 5학년 같은 반 엄마들의 모임을 열게 되었다. 저마다 아이가 다니는 학원을 자랑하고 그 학원의 높은 레벨에 다니고 있다는 말도 빠뜨리지 않는다. 집에서 엄마표 영어를 하고 있다고 말했다가는 형편이 좋지 않은 사람으로 낙인찍힐 것 같았다. 맨 구석에 앉아 눈치를 보며 조용히 커피를 홀짝이고 있었다. 맞은편에서 나와 눈이 마주친 나이가 한창 많아 보이는 엄마가 있었다. 구석에서 수줍게 커피만 마시고 있던 나를 쳐다보는 눈빛이 온화하고 부드러웠다. 비싼 명품 옷은 아니었지만 단아하고 깔끔한 차림새였다. 다른 엄마들처럼 말이 많지도 않았다.

'누굴까? 저 엄마는?' 궁금해서 바로 옆에 있던 다른 엄마에게 물어보았다.

"나이가 좀 많이 보이시는 저분 누구시죠? 한참 언니 같으신데."

"은지 엄마라고, 아이가 셋인데 첫째가 이번에 의대 들어갔고 둘째는 과학고등학교 보냈잖아. 그 집은 사교육을 거의 안 시키기로 유명해. 영어는 무조건 집에서 시킨다고 하네. 남편이 교수라던데."

"은지 엄마 대단한 사람이네요?"

"글쎄, 요새 교수 월급이 그리 안 많잖아. 아이들 세 명 사교육 다 시키려면 힘들지."

"네, 그렇죠."

"은지 엄마가 원래 서울 강남의 한 고등학교 영어 선생님이셨대.

결혼하고 남편 직장 때문에 이쪽으로 내려왔다나 봐."

그 엄마의 남편이 무엇을 하는 사람인지는 중요하지 않았다. 집에서 아이들 영어를 똑 부러지게 시켰다는 말에 온 신경이 곤두섰다. 두 명의 아이를 어떻게 그렇게 훌륭하게 키워냈는지 궁금했다. 아이들의 영어를 어떻게 가르쳤을까 궁금해서 견딜 수 없었다. 물어보고 싶은 게 많았지만 가까워질 기회가 없었다.

일주일에 두 번 아침 요가 수업을 듣게 되었다. 집 근처의 요가학원은 동네 엄마들로 북적거렸다. 아는 얼굴도 몇 명이 있었다. 아이를 학교에 보내고 집 청소하고 나서 요가 수업에 오는 것 같았다. 집 안을 대강 정리하고 바쁘게 요가 수업에 들어갈 수 있었다. 급하게 하다 보니 항상 땀을 닦을 수건이나 매트 중 꼭 한 가지는 챙겨오지 못하는 경우가 있었다. 그날은 땀을 닦을 수건을 챙기지 못했다. 5월이긴 하지만 많은 사람 틈에서 조금만 움직여도 땀이 났다. 처음에는 한두 방울이던 땀이 동작을 할수록 많아졌다. 난이도 있는 동작을 할 때는 땀이 매트에 후두둑 떨어졌다. 옆 사람이 보게 될까 걱정되었다. 도저히 수업을 다 마칠 수 없을 것 같아 일찍 일어서려 했다. 그때 누군가 수건을 건네주었다. 부끄러워 얼굴도 들지 못하고 받아든 수건으로 대강 매트를 닦고 빠르게 나왔다.

그 수건은 다른 사람이 아닌 은지 엄마가 건네준 수건이었다. 다음 요가 강습 때 수건을 돌려주고 감사의 인사를 해야겠다고 생각했다. 마음먹은 데로 말끔하게 씻은 수건과 작은 간식을 담아 감사의 인사를 건네었다. 그렇게 해서 은지 엄마와의 인연이 시작되었다. 나보다 열 살은 많았지만 내 이야기에 진심으로 귀를 기울여 주고 조언도 해주었다. 진지하고 조용할 것 같았지만 막상 친해지니 수다스럽고 밝은 성격의 아줌마였다. 가장 궁금해했던 아이들 영어 공부에 대해 많은 이야기를 할 수 있었다. 생각보다 특별한 것은 없었다. 특별하게 어려운 책을 사서 시킨 것도 아니었다. 특별하게 고가의 책을 사는 것도 아니었다. 아이들이 특별하게 영특하거나 빠르다는 생각도 들지 않았다. 가장 중요한 것은 절대 어렵고 급하게 가르치려 하지 않고 욕심을 부리지 않는 것이라 했다. 영어 동화책을 여러 권 살 필요도 없다고 했다. 그저 아이가 좋아하는 책이면 그 내용을 외울 정도로 자주 읽혀서 외우게 했다는 것이다. 그 한 권의 책을 외우고 쓸 정도가 되면 다른 책으로 바꾸어 주었다고 한다.

시디도 여러 장 사서 쟁여두지 않는다고 했다. 아이가 가장 좋아하는 것을 정해서 시디가 고장이 나서 소리가 나오지 않을 때까지 들려주는 것이 비법이라 했다. 그 정도가 되면 아이는 시디의 내용을 다 외우고도 남는다고 한다. 또한 아이와 함께 늘 공부 계획을 세우고 그 양을 정한다고 한다. 일방적으로 숙제를 내주고 하라고 내버려 두는 것이 아니었다. 공부할 분량을 스스로 정하고 시간도 정하게 했다. 뭐든지 아이가 주도적으로 할 수 있도록 기다려주고 조금이라도 아이가 스스로 뭔가를 해내고 뿌듯함을 느낄 수 있도록 해주었다고 한다. 하지만 영어 회화는 은지 엄마도 어려웠다고 한다. 자신도 발음 부분은 자신이 없었다고 한다. 하지만 은지 엄마는 매일 새벽에 일어나 영어방송을 듣고 받아쓰기까지 해가며 자신의 부족한 부분을 채웠다고 한다. 그렇게 자신의 실력을 늘리는 일에도 최선을 다했다는 것이 존경스러웠다. 아이와는 간단한 문장을 하나 익히면 그 문장의 단어를 바꾸어 수십 개의 문장을 만들어 주고받았다고 한다. 자연스럽게 꾸준히 영어를 생활 속에서 말해 볼 수 있도록 노력했다고 한다,

은지 엄마는 생활에서도 본받을 점이 많았다. 늘 근검절약하고 사치를 하지 않았다. 하지만 만날 때마다 먹을 것을 잔뜩 챙겨주시고 격려해 주었다. 배울 점이 많은 사람이었고 나를 친동생처럼 살갑게 대해주었다.

"언니, 왜 그렇게 잘해 주는겁니까? 제가 잘해 드린 것도 없는데...."

"가은엄마는 모르지? 가은엄마가 정말 열심히 배우려고 하니까 그 모습이 너무 기특해서 그래. 가은 엄마처럼 그렇게 노력하고 성실하게 하는데 어떻게 안 가르쳐 줄 수 있겠어?"

"정말요? 저는 정말 언니한테 많이 배우고 싶었어요. 그리고 언니가 너무 좋아요."

은지 엄마로부터 나는 늘 격려와 칭찬을 받았다. 엄마표로 지치고 피곤할 때 그녀는 나를 응원해 주었다. 사는 것이 늘 힘들지만은 않다는 것도 그때 알게 되었다. 나는 은지 엄마를 친 언니 이상으로 생각했고 존경했고 따랐다. 그녀에게 배운 것을 나의 아이를 통해 활용해보았다. 자신의 노하우와 조언을 아끼지 않았던 사람이 있었기에 엄마표 영어를 지속할 수 있었다.

3. 삶의 고단함을 잊게 하는 엄마표 영어

미래를 예측할 수 있는 사람은 없다. 바로 한 치 앞도 볼 수 없는 것이 사람 일이다. 스물일곱에 결혼을 했다. 초등학교 친구가 남편을 소개해 주었다. 키도 작고 머리숱도 별로 없어 외모가 마음에 들지 않았다. 남편은 대학교 친구들과 창업을 했다. 가상현실과 증강현실에 관련된 제품을 개발하고 연구하고 있다고 했다. 별로 아는 것이 없는 분야라서 많이 생소했다. 돈을 별로 많이 벌지는 못하는지 옷차림도 볼품없었고 차도 낡아 보였다. 하지만 제 눈에 안경이라는 말이 있듯이 한 번 만나고 자꾸 생각이 났다. 속으로는 저런 남자 만나면 백 퍼센트 개고생할 것 같다는 생각이 들긴 했다.

친정엄마는 남편을 보자마자 마음에 들지 않는 눈치셨다. 니가 뭐가 부족해서 저런 남자를 만나야 하냐고 화를 내셨다. 멀쩡한 회사 다니는 사람도 많은데 왜 하필 이름도 없는 회사에 다니는 사람 뭐가 좋다고 하시며 말리셨다. 돈도 없고 집안도 없고 인물도 없는 남자는 안된다고 꾸중하셨다. 하지만 내 고집을 꺾지는 못 하셨다. 친정엄마는 니가 선택한 결혼이니 피눈물 흘려도 할 수 없다고 하셨다.

남편을 포함해서 다섯 명이 함께 일하고 있었다. 결혼하고 몇 달은 월급이라고 들어 온 것이 있기는 있었다. 그 후로는 일이 잘되지 않아 남편은 월급을 가져오지 못했다. 같이 일하던 친구들도 하나 둘 직장을 구해 떠나갔다. 오로지 남편 혼자 남게 되었다. 남편만이 그 분야에 기술을 가지고 있었기 때문이다. 남편은 포기하고 싶어 하지 않는 눈치였다. 내가 벌어 오는 돈은 생활비로 다 쓰고 저축을 할 수 없는 상황이 되었다. 친정엄마 말이 떠올랐다. 속으로 자존심이 상하고 괴로웠다. 하지만 내가 선택한 길이니 하소연할 곳이 없었다.

창업 초기의 멤버들이 모두 흩어지고 남편 혼자 남게 되니 사무실이 필요가 없었다. 사무실 임대료를 내는 것도 힘든 상황이 되었다. 남편은 노트북 하나만 들고 집으로 들어왔다. 남편은 졸지에 재택근무를 하게 되었다. 24평 신혼집의 가장 작은 방이 남편의 일터였다. 일이 있으면 일을 하느라 밤을 새우고 일이 없으면 없는 데로 고민하느라 밤을 새웠다. 다행히 내가 하는 일은 그럭저럭 잘 되었다. 아파트대출금과 생활비를 하고 나면 빠듯했다.

그럭저럭 생활은 되었다. 임신을 미루고 있었기 때문에 그나마 유지가 되었다.

갑자기 임신이 되었다.

거실에 큰 책상을 놓고 고등학생 과외를 하고 있었다. 얼마 지나지 않아 남편은 규모가 더 큰 일들을 맡을 수 있었다. 혼자 힘으로 다 쳐낼 수 없다고 인근 대학의 컴퓨터공학과 학생의 도움을 받게 되었다. 나는 집 거실에서 과외를 하고 남편은 작은 방에 대학생 아르바이트생과 함께 일을 하게 되었다. 원하던 그림은 아니었다. 편안하게 쉴 수 있는 집이 아니라 정신없는 사업장처럼 집이 변해 있었다. 남편의 미래는 불투명했고 임신한 몸으로 쉬지도 못하고 계속 일을 해야 하는 것이 분하고 억울했다.

그렇게 일 년을 보내었다. 아이가 태어났고 남편은 잘 아시는 사장님의 배려로 그 사장님 사무실의 한쪽 구석을 사용할 수 있게 되었다. 경리도 한 명 채용해서 다시 회사를 꾸리게 되었다. 남의 사무실 더부살이 같아 보였지만 집에서 하는 것보다 훨씬 모양새가 좋아 보였다. 일거리가 조금씩 늘어나서 바빠졌다. 계속 일이 많아질 것 같다고 생각해서 직원도 몇 명을 더 고용하게 되었다. 일이 이렇게만 된다면 생각보다 빨리 자리를 잡을 수 있을 것 같다는 마음에 희망에 부풀어 올랐다. 과외를 그만두고 살림과 육아만 할 수 있을 것 같았다. 하지만 희망에 부풀던 날들도 얼마 가지 않았다. 남편에게 일을 주겠다던 회사들이 갑자기 마음을 바꾸는 일이 생겼다. 회사 사정이 어려워져서 보류해야 한다는 통보를 받게 되었다. 하나씩 그런 연락이 오고 계획했던 일들이 왕창 줄게 되었다. 철석같이 믿고, 미리 직원을 뽑아두었는데 일이 없어지다니 남편은 망연자실하는 눈치였다. 하는 일이 없더라도 출근해서 책상 앞에 앉아 있는 직원에게 월급은 꼬박꼬박 챙겨주어야 했다. 여러 가지 공과금과 임대료, 직원들 월급 때문에 또다시 은행에 많은 대출을 내게 되었다. 내가 하는 과외에 전적으로 수입을 의존하게 되는 상황이 되었다. 과외 그만두고 육아를 하려고 했던 계획은 물 건너 가버렸다. 주말도 없이 학생들을 가르쳐야 하는 신세가 되었다.

내가 할 수 있는 최대치의 일을 하게 되었다. 말을 너무 많이 해서 침을 삼키기도 어려울 정도로 목이 아팠다. 코와 목은 늘 건조해서 목감기를 달고 살았다. 이렇게 일을 많이 하는데도 살림은 나아지지 않았다. 평일 하루 아홉 시간을 꼬박 일하고 주말은 아침부터 밤까지 했다. 주말에 아이와 나들이는 꿈도 못 꾸었다. 대출을 갚는 것에 최대한 집중했다. 남편의 일은 좋아졌다가 나빠지는 것을 반복했다. 빚을 좀 갚는가 하다가 다시 대출을 내는 상황이 반복되었다. 이러다간 일만하고 좋은 시절은 다 갈 것 같았다.

아이와 시간을 자주 보내지는 못하지만 뭔가 의미 있는 일을 함께 해야 했다. 아이가 세 살이 되던 해에 엄마표 영어를 시작하게 되었다. 정신없이 바쁘고 피곤했지만 내 아이의 영어는 내 손으로 가르쳐보고 싶었다. 아이와 함께 영어를 하면서 웃고 떠드는 시간을 가져보고 싶었기 때문이다.

남편을 원망도 하고 미워하는 마음이 있었다. 아이와 영어 노래를 부르고 함께 영어 동화책 읽어주는 순간 그런 마음은 사라졌다. 무엇보다 아이의 눈높이에 맞추어서 아이와 놀아주는 순간이 행복했다. 아무리 피곤해도 아이와 영어 하는 것은 빼먹고 싶지 않았다. 아무리 힘들어도 아이와 함께하는 영어는 손을 놓고 싶지 않았다. 남편 사업과 돈 생각만 하면 한숨이 나오고 화가 나서 몸이 부들부들 떨렸다. 아이와 영어 동화책을 보고 영어 시디를 듣는 순간만은 이러한 생각에서 벗어날 수 있었다. 내 상황이 힘들면 힘들수록 엄마표 영어에 대한 마음은 간절해졌다. 다른 것은 다 포기하고 그만둘 수 있어도 엄마표 영어를 그만두고 싶지는 않았다. 아이와 나를 이어주는 끈이면서 아이의 미래를 위한 투자라고 생각했다.

내 삶은 자존심이 상하고 힘들었지만 내 아이에게 영어를 가르치면서 그러한 생각들을 잊게 되었다. 내 아이에게 내가 겪은 경제적 고통과 힘든 삶을 물려 주고 싶지 않았다. 영어 동화책 속의 즐겁고 행복한 일만이 가득했으면 했다. 아이와 엄마표 영어를 하면 할수록 그 어느 때보다 아이와 함께 영어를 하는 시간이 소중했다. 남편의 사업으로 경제적으로 힘들었던 상황이 오히려 엄마표 영어를 지속하는 원동력이 되었다. 힘들어도 포기할 수 없는 가장 중요한 나와 아이의 가장 소중한 시간이었다.

4. 동료를 만들어라

혼자서 모든 것을 할 수 없다. 아무리 뛰어난 능력을 지녔어도 다른 누군가의 도움이 필요할 때가 있다. 하지만 도움을 주는 것보다 받는 것이 어렵다. 남에게 내가 부족하고 모자라서 아쉬운 소리를 하는 경우라면 더욱 그러하다. 엄마표 영어를 혼자 시작했다. 동료나 스승이 필요하다고 생각하지 않았다. 자신이 있어서가 아니라 어떤 도움을 누구에게 어떻게 부탁해야 할지가 막막했다.

잘 가르치고 싶었고 잘하게 하고 싶었다. 하지만 무엇을 어떻게 할지 몰랐다. 어디서 어떻게 시작해야 할지 몰랐다. 경험은 없는데 잘하고 싶은 마음만 앞서니 시행착오가 많았다. 아이는 많은 책을 읽기보다 한 두 권의 마음에 드는 책만 반복해서 읽으려 했다. 다양한 책을 많이 읽어야 한다는데 왜 내 아이는 좋아하는 책 몇 권만 달랑 읽으려 하는지 알 수가 없었다. 하루에 조금씩 하려고 했던 계획도 조금씩 틀어졌다. 매일 하기로 했던 계획은 바쁜 일상에 쫓겨 주말에 몰아서 한꺼번에 하게 되었다. 감기 걸려서 컨디션이 좋지 않을 때 한 주일을 건너뛰었다. 이런저런 이유도 없이 한 달을 건너뛰게 되니 점점 처음 마음과는 달라져 갔다.

하지 못할 변명을 만들어 내고 있었다. 일도 바쁘고 여유도 없는데 당연히 내가 할 수 없는 일에 도전한 것은 내 잘못 같았다. 밤새 잠을 못 자고 뒤척였다. 평소에 자주 들어가던 맘까페에 들어가 이곳저곳을 살펴보고 있었다. 내가 살고 있던 곳 근처에서 엄마표 모임을 하는 그룹이 있다는 글을 발견했다. 돌아가면서 수업도 하고 새로운 책을 활용하는 방법도 발표하는 스터디 모임이었다.

'저런 모임이 있다면 나도 들어간다면 좋을 텐데.'

날이 밝자마자 모임 리더에게 전화를 했다.

"혹시 엄마표 영어모임 멤버 충원하나요? 지금 들어갈 수 있을까요?"

"죄송한데, 지금 당장 멤버 충원 계획 없어요. 엊그제 다 찼는데요."

한발 늦었다는 생각이 들었다. 좋은 기회를 놓친 것 같았다.

'엄마표 영어 하지 말라는 하늘의 계시일까?'

자꾸 나약해지는 자신이 한심스러웠다.

지금 당장 급한데 기다리는 것은 의미가 없을 것 같았다. 마음이 동한 사람이 나서야 한다. 모임에 들어갈 수 없다면 내가 모임을 만들면 된다. 자신이 없었지만 그래도 한 번은 시도해 보는 것은 나쁘지 않아 보였다. 실력도 경험도 없는 나를 누가 믿고 와줄까 하는 생각이 들었지만 지금 당장 급했다.

동네 아는 엄마들을 모아서 책을 읽고 토론하는 것을 해보긴 했다. 하지만 모르는 사람들을 모아 스터디를 만들어 본 경험은 없었다. 긴장과 걱정으로, 스터디 모집 글을 쉽게 카페에 올리지 못하고 있었다.

가까스로 용기를 내 글을 올렸다. 아무것도 몰라도 엄마표 영어를 하고 싶은 사람은 누구나 가능하다는 문구를 강조했다. 실패의 경험을 나누고 실패를 하지 않도록 함께 의지할 수 있는 공간이 되길 바란다는 말도 꼭 넣었다.

'괜히 이런 말은 넣었나?'
'그냥, 엄마표 영어 전문가라고 쓸 걸 그랬나?'

전문적이고 경험이 풍부한 엄마표 영어 전문가의 스터디라고 고쳐 볼까 하다가 그냥 두었다. 괜히 포장만 거창하게 했다가 실제 도움이 되어주지 못한다면 양심에 찔릴 것 같았다.

며칠간 연락이 없었다.

'그래, 나 같은 사람하고 누가 스터디 하겠어.'

'처음부터 무리였어. 혼자라도 다시 해보지 뭐.'

그날 저녁 기대도 하지 않았던 쪽지가 와 있었다. 근처 아파트에 사는데 함께 엄마표 영어 스터디를 해보고 싶다는 내용이었다. 아이와 엄마표 영어를 혼자 해오고 있는데 힘들고 외롭다는 내용이었다. 격려만 받아도 좋겠다는 내용이었다.

'어쩜 나하고 마음이 이렇게 통할 수가 있을까?'

쪽지에 있던 전화번호로 당장 전화를 했다. 밝고 상냥한 목소리의 여자가 전화를 받았다.

"저한테 혹시 엄마표 영어 스터디 쪽지 보내신 분 맞나요?"

"네, 제가 보냈어요. 혼자 하기가 힘들어서요. 영어 못해도 되나요?"

"그럼요. 저는 더 못할걸요? 아이는 몇 살이세요? 얼마나 하셨나요? 지금 무슨 책 하나요?"

"별거 안 하고 있어요. 뭘 해야 할지도 모르겠고."

"우리, 만나서 같이 이야기해볼까요?"

그렇게 그녀와의 스터디가 시작되었다.

그녀의 집은 바로 맞은편 아파트였다. 오 분도 걸리지 않는 거리였다. 그녀의 아이는 이제 막 돌이 지난 듯했다. 그녀의 첫인상은 동그랗고 초롱초롱한 눈이 인상적이었다. 호기심이 가득하고 열정에 빛나는 눈이었다. 생기 넘치는 목소리와 밝은 표정에서 에너지 넘치고 긍정적인 사람임을 알 수 있었다. 그녀와 둘이서 아이를 가르칠 때 사용하는 영어표현들을 외우기로 했다. 집에서 아이에게 사용할 수 있는 영어표현 책을 한 권 선택했다. 매일 정한 분량을 외우고 공부한 다음 일주일에 한 번 그녀의 집에서 만나기로 했다.

아이가 어려 육아하기도 바쁠 텐데, 스터디를 제대로 해낼지가 궁금했다. 그녀는 모든 면에서 똑소리 나는 똑순이였다. 그녀는 살림과 육아를 하면서 영어 공부도 열심히 해주었다. 스터디 과제를 제대로 해왔으며 그 어떤 불평도 없었다. 그러한 그녀의 모습에 나도 덩달아 자극이 되었다. 혼자라면 고작 몇 장 외우다가 포기했을 것이다.

그렇게 일 년을 그녀와 영어문장을 외우고 함께 엄마표 영어에 대한 고민을 나누었다. 그녀와 함께 암기한 영어표현들을 집에서 사용하게 되었다. 처음에는 어색하고 어려워서 한 문장도 제대로 해보기 어려웠다. 하지만 시간이 지나 실력이 쌓이고 점점 말할 수 있는 문장이 늘어났다. 나의 실력만큼 아이의 실력도 함께 늘어갔다. 영어 대화를 어려워하고 발음에 자신이 없었던 부분들이 그녀와의 영어 공부를 통해 점점 자신감을 얻어갔다.

딸과 영어로 대화가 가능해졌고 서로의 실력이 늘어나고 있었다. 그렇게 이 년을 함께 공부하던 그녀는 남편이 세종시로 발령이 나서 이사를 하게 되었다. 세종시에서 나보다 더 열심히 열정적으로 엄마표 영어를 하고 있을 그녀를 응원한다.

5. 아이의 취향을 존중하라

엄마표 영어를 시작하면서 많은 책을 샀다. 궁금해서 사고 지금 당장은 아니더라도 나중에 활용하면 좋을 것 같아서 미리 사두기도 했다. 생각 없이 사다 보니 활용은 되지 않고 거실 한쪽을 장식하는 장식품이 되어버렸다. 책을 읽는 아이의 모습을 상상하니 책값이 아무리 고가라도 아깝지 않다는 생각이 들었다. 당장 읽지 않더라도 커다란 책장에 책이 꽂혀 있다는 것이 내심 뿌듯했다. 언젠가는 아이가 저 책들을 보면서 '엄마 이 책 너무 재미있어. 엄마는 어떻게 이렇게 재미있는 책들을 다 구해놓은 거야.' 이런 말을 해줄지 모른다는 상상을 했다. 책을 산 것은 아무리 생각해도 내가 한 일 중에 잘한 일인 것 같았다.

지인들이 오면 책 이야기를 먼저 꺼낸다.
"어머, 언니 저 책들 가은이가 다 읽은 거야?"

"아니, 아직 몇 권 안 읽었어. 근데 생각보다 좋아하는 것 같아."

"언니, 요즘 유행하는 영어책들 다 들인 거야? 진짜 열정이 대단해. 가은이는 영어 정말 잘하겠어."

이런 대화를 하면서, 자부심과 뿌듯함을 느꼈다. 아이의 교육에 관심과 열정이 많은 엄마로 보이는 것이 좋았다.

처음에는 가은이도 제법 잘 따라 주었다. 책을 장난감처럼 가지고 놀기도 하고 좋아하는 책은 여러 번 읽어 달라고 하기도 했다. 아이를 위해 책을 읽어주는 일이 즐겁고 행복했다. 조금씩 욕심이 생겼다. 하루라도 더 빨리 많은 책을 읽히고 보여주고 싶다는 생각이 들었다. 다른 아이들보다 조금 어려운 단계를 읽히고 싶다는 생각도 간절해졌다. 엄마표 영어로 실력이 대단한 아이로 키울 수 있다는 생각이 드니 마음이 급해졌다. 하지만 몇 달을 채우지 못하고 가은이는 나의 의견과는 다르게 움직이고 있었다. 갑자기 고집을 피우고 내 말을 들으려 하지 않았다. 그 무렵 아이는 고집스럽고 말 안 듣는 아이로 변해가는 것 같았다.

"엄마, 나 그 책 재미없어. 내가 좋아하는 책 볼 거야."

"가은아, 오늘 이 책 읽는 거야. 엄마가 정해 놓은 거 읽어."

아이와 엄마의 자존심 대결이 시작된 것 같았다.

가은이는 공주 나오는 그림책만 보려고 했다. 나는 공주가 나오는 책은 읽히려 하지 않았다. 여러 명의 시녀를 거느리고 화려한 드레스 입고 왕자만 기다리는 공주의 삶은 현실에서 존재하지 않는다. 자신의 삶은 힘들어도 자신이 개척해야 한다. 가은이가 공주가 아닌 용감하고 지혜롭게 자신의 삶을 살아가 길 바랬다. 그래서 공주 책 따위는 읽지 않았으면 했다.

이런 내 마음을 아는지 모르는지 딸 아이는 친구에게서 빌려온 디즈니 공주 캐릭터가 있는 책만 보았다. 그 책은 돌려주어야 할 시간이 지났음에도 계속 보고 있었다. 속에서 천불이 났다. 영어책이었지만 영어책이라고 이름 붙이기 부끄러웠다. 디즈니 영어책의 주인공들은 누가 더 화려한 드레스를 입었는지에 관심을 가졌다. 누가 더 큰 왕관을 써야 하는지로 경쟁을 했다. 하나같이 8등신에 허리까지 오는 금발을 하고 있었다. 그리고 맨날 파티 갈 생각이나 하는 한심한 존재들 같았다.

아이는 공주 책을 끼고 살았다. 밥 먹으면서 공주 책을 읽고 자기 전에도 공주 책을 읽었다. 심지어 유치원에도 몰래 가방에 넣어가 쉬는 시간마다 보는 것이었다.

'내용도 없는 저런 책이 뭐가 재미있을까? 유익하고 도움이 될만한 좋은 내용의 책을 보면 될 텐데.'

현실적으로 공주처럼 이뻐질 수도 없고 공주 같은 삶을 살 수도 없다. 너무 쉽고 편안하게 인생을 생각하고 어려움을 모르는 아이로 자라게 될까 걱정이 되었다.

책을 읽은 다음에는 커다란 거울을 들고나와 자기 얼굴을 보며 공주 놀이를 하고 있었다. 몰래 책을 없애 버리면 어떨까 하는 생각이 들었다. 잔소리도 해보고 타일러 보기도 했다. 화를 내고 책을 던져도 가은이는 끄떡하지 않았다. 공주 책이 보이지 않는 날은 책 찾아내라며 온 동네가 다 떠나갈 듯이 소리를 지르며 울었다. 겨우 설득시키고 진정시켜 공주 책을 친구에게 돌려주게 되었다. 이제 그 책들이 내 집에서 사라졌다고 생각하니 속이 후련했다. 다시 내가 계획한 데로 책을 읽힐 수 있겠다는 생각이 들자 기분이 좋아졌다. 그동안 짜증 나고 불편했던 마음도 사라지는 듯했다.

하지만 며칠 뒤 공주 책이 우리 집에 다시 나타났다. 분명 친구에게 돌려주었다고 했는데 왜 다시 나타난 거지? 자세히 보니 그전에 빌린 책보다는 훨씬 낡아 있었다.

'이 지저분하고 낡은 책은 어디서 난거지?'

표지도 반쯤 찢어져 있고 속지들은 낙서도 많았다.

"가은아, 너 그 책 어디서 났니?"

"엄마, 이거 내가 엄청 좋아하는거 알지? 어제 재활용하는데 지나다 보니까 있길래 바로 가져왔어."

"그래. 그렇긴 한데 너무 지저분하고 낡았잖아."

"재활용 책 가져와도 되는 거 아니야? 누가 안 본다고 버린 거잖아."

재활용하는 날에 다른 사람이 내놓은 공주 책을 용케 찾아내어 아이는 집으로 가져온 것이었다. 한동안 공주 책에 빠져서 다른 책은 읽지 않았다. 내 마음은 까맣게 타들어 갔다. 아무리 구슬리고 달래보아도 아이는 공주 책만 보려고 했다.

문득 생각이 들었다. 영어책에 관심이 없는 아이도 많고 영어단어 하나도 제대로 읽지 못하는 가은이 또래의 아이들도 있다. 하지만 가은이는 자신이 좋아하는 공주가 나오는 영어책을 읽어내고 즐거워하고 있었다. 주제와 내용이 나의 취향에 맞지 않을 뿐이지 가은이는 영어책을 읽고 있었다. 같은 책을 읽고 또 읽고 자기 전에는 베개 밑에 두기도 했다. 혹여나 엄마가 몰래 책을 없애 버릴까 걱정을 한 것 같았다. 공주 책에 미쳐있던 가은이는 그 책의 단어와 내용은 이해할 정도가 되었다. 물론 더 수준 있고 단어가 어려운 책이었더라면 하는 마음도 있었지만, 그 정도라도 만족하기로 했다. 그렇게 일 년 정도 공주 책만 찾던 아이는 어느 날 아무렇지도 않은 척 공주 책을 보지 않게 되었고 공주 놀이도 그만두게 되었다. 특별한 이유가 있었던 것은 아니었다. 아이가 자라면서 자연스럽게 거쳐 가는 단계라는 생각이 든다. 그 기다림이 어렵고 고통스러웠던 것은 엄마인 나의 몫이었다. 아이는 아무렇지도 않은 척 다시 다른 영어책을 읽고 즐거워하기 시작했다.

"가은아, 새로 나온 공주 책 사줄까? 어때? 엄마랑 같이 가서 고를까?"

"엄마 공주 책 이제 재미없어, 시시하단 말이야. 공주 놀이도 이제 안 할 거야. 그런 거 유치하단 말이다."

어느새 아이는 훌쩍 자라 있었고 아이의 영어 실력도 함께 자라고 있었다.

6. 영어 말하기대회 참가

크고 유명한 학원에 다녀야 영어 잘한다고 생각한다. 학생 관리 시스템도 잘 갖춰져 있고 선생님들도 대단한 실력자이기 때문이다. 다 맞는 말이다. 그래서 비용이 조금 더 들더라도 큰 학원에 보내게 된다. 일단 대형 학원은 위치가 좋은 곳에 자리 잡고 있다. 거기에다 학원의 인테리어도 멋지고 화려하다. 영어 학원이 아니라 유명한 카페 같아 보이는 학원도 있다. 규모도 엄청나서 학생들을 태워 나르는 차량도 많다. 그 학원에 다니는 많은 학생이 특목고를 가거나 상위권 성적을 받는다고 하니 신뢰감이 드는 것은 사실이다.

영어를 잘하는 기준이 명확하지 않다. 그래서 누가 잘하고 못하는지는 엄마들의 입김이 작용한다. 목소리가 큰 엄마의 아이가 영어를 잘하는 아이가 된다. 학년이 올라갈수록 집에서 엄마가 영어를 가르치는 것이 쉽지 않다. 주의의 유혹은 갈수록 많아진다. 나는 과연 아이의 영어 공부에 얼마만큼 도움을 주고 있을까? 내가 아이의 영어 공부에 도움을 주고 있기는 한가라는 질문에 시달리게 된다. 실력과 노하우 모두가 부족한데 지금 이대로가 맞는지에 대한 의문이 계속 든다. 지금이라도 학원을 보내야 하는지에 대한 고민도 이때 가장 많이 하게 되었다. 고민이 한창이었을 때 영어 말하기 대회를 나가게 되었다.

초등학교 영어 말하기대회는 경쟁이 치열하다. 영어 좀 한다는 아이들은 다 참여한다. 누가 나가보라고 한 것도 아닌데 가은이는 참가 신청서를 덜컥 가져왔다.

'나가서 떨어지면 괜히 쪽팔리고 속상할 텐데.' 별로 내키지 않았다.

'대형 학원에서는 저런 거 철저히 준비시켜 준다는데, 내가 무슨 능력으로 저걸 할 수 있을까?'

하지만 아이는 달랐다. 친한 친구들이 다 나가는데 자신도 그냥 나가보고 싶다고 했다.

"가은아! 꼭 나가야 되니?"

"엄마, 나갈 거야. 상 따서 외할아버지 생신 선물해드릴 거야."

가은이가 영어 말하기대회에 나가고 싶어 했던 이유는 외할아버지 때문이었다. 평소 친정아버지께서 가은이의 영어를 응원해 주셨고 격려해주셨다. 가은이는 어렸을 때부터 외할아버지에게 영어책 읽어주는 것을 굉장히 즐거워했다. 외손녀 사랑이 유별나신 분이셨다. 가은이의 작은 행동 하나에도 그냥 지나치지 않으셨다. 가은이는 그런 외할아버지에게 뭔가 보답을 하고 싶었는지도 모른다는 생각이 들었다.

일단 신청서를 등록했다. 원고를 쓰고 외우면 된다. 어떤 내용으로 원고를 쓸지 막막했다. 가은이는 외할아버지에 관한 원고를 쓰고 싶어 했다. 칠십이 넘은 나이에도 한겨울에 짧은 반바지를 입고 마라톤을 하시는 외할아버지를 주제로 원고를 쓰게 되었다. 가은이는 아주 어릴 적부터 친정아버지의 마라톤 대회에 응원을 다녔다. 등수에 상관없이 친정아버지는 마라톤을 즐기셨다. 젊은 마라토너들 사이에서 백발의 친정아버지는 인기가 많으셨다. 상위권에 들지도 입상을 하지도 못하셨다. 그저 건강을 위해 자신과의 싸움을 묵묵하게 하시는 것 같았다. 하지만 끝까지 웃는 모습으로 완주하시며 사람들의 박수를 받으셨다. 마라톤은 아버지의 취미이셨고 즐거움이셨다. 한 번도 중간에 포기한 적이 없으셨다. 마라톤을 위해 늘 집 근처 운동장에서 거르지 않고 운동을 하셨다. 자연스럽게 외할아버지의 끈기와 부지런함을 가은이는 존경하고 있었다. 그러한 외할아버지를 주제로 어렵지 않게 가은이는 영어 말하기대회 원고를 완성하게 되었다.

가은이의 원고는 문법적으로 틀린 부분이 많았다. 신경 써서 고치면 조금 더 자연스러운 원고가 될 수 있었다. 하지만 결국 가은이의 원고를 그대로 제출했다. 부족한 글이더라도 가은이 힘으로 완성한 원고를 건드리지 않는 것이 낫다는 결론을 내렸다. 원고를 썼다고 다 끝난 일이 아니었다. 원고를 외워야 하는 일이 남았다. 학교 시간과 학원 시간을 제외하고 수시로 원고를 연습했다. 잘 외워지지 않아 애를 먹기도 했다.

대회 당일 아이의 손을 잡고 학교까지 함께 갔다. 밝게 웃는 아이에 비해 나는 긴장이 되었다.

"가은아! 그냥 편하게 하고 와. 상 못 받아도 된다고 외할아버지가 말씀해 주셨어. 여태까지 고생했잖아. 연습처럼 하면 돼."

마음이 복잡한 나를 위로하기 위해 아이는 오히려 담담하게 말했다.

"엄마, 알겠어. 아직 떨리지 않는데 아마 시작 전에 조금 떨릴 것 같아."

"그래. 오늘은 가은이가 좋아하는 치킨 시켜 먹자."

하루 내내 일이 손에 잡히지 않았다. 학교를 마치고 학원을 돌다 늦은 저녁이 되어서야 가은이가 돌아왔다. 먼저 묻지 않았다. 제대로 하지 못했다는 말을 듣게 될 것 같아 말을 아끼고 기다렸다.

"엄마, 나 하나도 안 틀리고 다 했어. 외국인 선생님이 재미있게 들었다고 말씀해 주셨어." 다행히 큰 실수를 하지 않았다니 마음이 놓였다.

토요일 밤에 휴대폰이 울렸다. 낯선 번호였다. 모르는 번호는 받지 않는데 무심결에 전화를 받은 것 같았다.

"안녕하세요? @@초등학교 영어담당 김영미입니다. 노가은 어머니이신가요?"

"네, 그런데요."

"가은이가 우리 학교 영어 말하기대회 1등을 했네요. 다음 주에 발표하기로 했는데 기다리실 것 같아 미리 알려드립니다."

"옴마야, 진짜 가은이가 1등인가요? 아이구 감사합니다."

"가은이가 발음도 좋고 내용도 좋았어요. 마라토너 외할아버지 이야기 감동적이었어요."

생각지도 못했던 영어 말하기대회 1등 상을 받게 되었다. 온 가족이 모여 축하를 해주었다. 함께 참여한 학생들은 영어 유치원을 나왔거나 해외연수를 다녀온 아이들도 있었다. 유명 대형 학원에서 지도를 받고 나온 학생도 있었다. 그런 아이들보다 가은이의 발음이 좋을 수 없다고 생각했다. 가은이가 쟁쟁한 아이들 틈에서 기죽지 않고 끝까지 해내기만 하면 좋겠다고 생각했다. 그런데 나와 집에서 공부한 영어로 가은이가 당당히 해냈다는 것이 감동적이었다. 월요일에는 담임 선생님께서 직접 전화를 주셨다.

"가은 어머님, 가은이 외국에서 공부시키셨어요? 어쩜 그렇게 영어를 자연스럽게 하죠?"
"아이구, 그런데 보낼 여유가 있어야지요. 그냥 집에서 시켰어요."

이런 칭찬과 자부심을 느끼는 날이 올지 몰랐다.
엄마의 열정과 사랑으로 얼마든지 가능하다는 것을 알게 되었다. 자신감을 가지고 엄마표 영어를 가은이와 꾸준히 해나갈 또 다른 힘을 얻게 되었다.

7. 아이와 함께 공부하고 성장하려는 마음

성인을 대상으로 토익 수업을 했다. 발음에 문제가 많았지만, 문법과 독해를 가르치는 데 문제가 되지 않았다. 리스닝 점수가 상대적으로 잘 나오지 않았다. 결국 들리지 않는 부분은 아예 스크립트를 통째로 외웠다. 그렇게 듣고 외우다 보니 어느 정도 감이 생겼다. 리스닝에서 내가 원하는 점수를 간신히 넘기게 되었다. 대학 4년 내내 토익 고득점을 받기 위해 죽기 살기로 매달렸다. 졸업 전에 만족할 만한 점수를 얻을 수 있었다. 하지만 발음은 고쳐지지 않았다. 경상도 사투리 억양이 그대로 남아 있었다. 나에게 미국식 영어 발음은 영원한 숙제 같았다. 영어 회화는 영원히 넘지 못할 벽 같았다. 이미 굳어진 발음은 고치기 힘들다고 생각했다. 외국에 나갈 것도 아닌데 회화 공부를 다시 한다는 것도 의미 없어 보였다. 엉뚱한데 힘 뺄 이유가 없었다. 마음속에 이미 늦었다는 생각이 자리 잡고 있었다.

내 아이의 영어를 가르치게 되었다. 나의 영문법과 독해에 대한 것들은 쓸모가 없었다. 내가 과연 무엇을 어떻게 할 수 있을지 막막한 순간이었다. 그렇다고 포기할 수 없었다. 생각을 해보니 내 아이에게 영어를 가르칠 때 필요한 것은 몸으로 놀아줄 수 있는 체력이었다. 가르치지 말고 놀아주어야 아이는 따라왔다. 설명하지 말고 함께 노래하고 춤출 때 아이는 마음을 열었다.

아이와 같은 눈높이가 되어야 했다. 내 아이가 다섯 살이면 나도 똑같이 다섯 살 아이가 되어야 한다. 다섯 살 아이라면 무엇을 좋아할지 무엇에 관심이 있을지 고민해 보면 된다. 내 취향 같은 것은 생각하지 않는 게 낫다. 엄마에게 유익한 방법은 아이에게 지루할지 모른다. 내가 딱 다섯 살이면 좋아할 책과 방법을 연구하면 된다. 아이의 눈과 아이의 생각을 가져야 한다. 내가 다섯 살이라면 과연 어떻게 영어를 배우고 싶을까? 다섯 살이라면 엄마와 어떻게 노는 것을 기대할까? 다섯 살이라면 영어 배우는 것을 어떻게 느낄까? 자꾸 생각해 보아야 한다.

엄마의 욕심을 내려놓아야 했다. 가은이는 한글 읽기도 느렸고 받아쓰기도 잘하지 못했다. 영어를 가르치게 되면 영어도 느리게 습득한다는 것을 알아야 했다. 그런 아이에게 많은 것을 강요하고 어려운 것을 가르치는 것은 의미가 없다.

늘 아이를 즐겁게 해주기 위해 긴장을 늦추지 않아야 한다. 아이보다 엄마가 영어를 듣고 즐거워해야 한다. 엄마가 영어를 좋아하지 않고 즐겨 듣지 않는데 아이가 따라줄 리가 없다.

내가 영어를 듣고 익숙해지자 어설픈 영어지만 아는 단어를 다 동원해 아이와 대화를 시도해 보았다. 많이 들으니 자연스럽게 아는 단어를 말하고 싶어졌다. 처음에는 마음만 급하고 입 밖으로 영어가 나오지 않았다. 생각보다 말하기는 듣기보다 훨씬 어려웠다. 가은에게 영어로 말하는 것이 두렵거나 어려운 것이 아니라는 것을 알게 해주고 싶었다. 매일 영어 시디를 듣고 나면 그 책에 나오는 단어를 문장으로 만드는 연습을 했다. 처음에는 잘되지 않았다. 힘들었지만 계속 문장을 만들고 만들었다. 6개월이 지나니 단어를 가지고 쉽게 문장을 만들 수 있게 되었다. 그래도 갈 길은 멀어 보였다.

'내 발음이 맞는 걸까?'
'영어로 말하기는 어떻게 가르쳐야 하지?'
주로 듣는 것에 치중해서 엄마표를 하고 있었다. 이러한 고민은 당연한 것 같았다.

방바닥에 못 보던 장난감이 떨어져 있었다. 내가 사준 것은 아닌 것 같았다. 자세히 보니 마이크였다.

'왠, 마이크지? 진짜 마이크인가?'

"가은아! 이 마이크 어디서 났니?"
"그거, 외할아버지가 마트에서 사주신 거야."

장난감 마이크였으나 진짜 같아 보였다. 마이크 기능은 물론 목소리 녹음 기능이 있었다. 재미 삼아 녹음 버튼을 눌렀다. 말하는 목소리가 녹음되어 쩌렁쩌렁 울려 나왔다. 다른 버튼을 누르니 내 목소리가 다른 사람 목소리로 변했다. 깜짝 놀라긴 했지만 재미있었다.
'요즘 요고 가지고 노느라 정신이 없었구나.'

마이크를 가지고 놀던 가은이가 깜짝 놀란 표정으로 나를 보았다.
"엄마, 마이크에 엄마 목소리가 있어."
"아까, 모르고 안 지웠나 봐."
"근데 엄마, 아침에 듣던 시디하고 같은 내용이네. 나도 오늘 들은 거 녹음해볼래."
한참을 마이크를 잡고 말도 안 되는 영어를 녹음하고 웃었다. 그 시간이 무척 즐거웠던지 가은이는 내일도 마이크 놀이를 하자 했다.

장난감 마이크에 목소리를 녹음해서 들어보고 킥킥거렸다. 마이크에 녹음된 목소리를 이리저리 변형시키면서 깔깔거렸다.

"엄마, 너무 재미있어. 내일 아침에는 또 다른 이야기 녹음해줘."

맨 처음 녹음을 했을 때는 엉망이던 영어가 차츰 좋아졌다. 신기했다. 아이의 장난감 마이크에 녹음하는 시간이 점점 길어졌다. 재미로 시작한 일은 갈수록 재미를 더해갔다. 일주일을 주기로 다른 책을 연습해서 녹음하기 시작했다. 녹음된 내 목소리를 듣고 또 들었다. 내 목소리를 듣는 것이 어색하지 않게되었다. 조금씩 자신감이 생겼다. 처음의 두려웠던 마음이 점점 열정으로 변해갔다.

"옴마야, 내 목소리 생각보다 좋은데, 이제 좀 들어 줄 만해."

갈수록 녹음하는 횟수도 늘어갔고 녹음의 길이도 길어졌다. 욕심이 생기기 시작했다. 매일 정해진 시간에 연습해서 마이크에 녹음 해두었다. 가은이는 녹음된 엄마 목소리에 열광했다.

"엄마 오늘은 엄마 목소리가 시디하고 진짜 비슷했어. 엄마 영어 잘하는 거 같아."

낮잠을 자다 깬 딸이 지나가다 한 말이다. 내 발음이 좋아지긴 했다는 생각이 들었다. 조금 더 자신감 있게 했을 뿐인데 시디하고 비슷하다니 기분이 좋았다.

"그래 엄마도 이제 영어 말하는 거 두렵지 않아. 가은이가 칭찬해

주니 더 잘되는 거 같아."

　내 발음을 들어주고 내가 한 녹음을 들어주는 가은이 덕에 발음은
교정되어 갔다.

8. 내가 원하는 것을 하라

대학교 때 어학연수를 가는 친구들이 부러웠다. 그때만 해도 넉넉한 형편의 친구들은 부모님의 도움으로 쉽게 가는 것 같았다. 하지만 형편이 좋지 못했던 나에게 꿈도 꾸지 못하는 일이었다. 지금은 일하면서 육아를 하는 빠듯한 삶이라 더 어려운 일 같았다. 하지만 아이와 영어를 공부하면서 접었던 그 꿈이 자꾸 올라오기 시작했다. 생각하지 않으려고 하면 더 생각이 났다. 외면하려 할수록 더욱 간절해지는 마음이 원망스러웠다.

'미국 가면 내 영어가 통할까? 과연 대화가 되는 걸까?'

내가 한국에서 공부한 영어를 테스트해보고 싶다는 생각이 들었다. 시디로만 듣던 영어를 실제 미국인들과 해보면 어떨까 궁금해졌다. 남편에게 슬며시 내 마음을 이야기했다.

"이렇게 바쁜데 무슨 아이 엄마가 어학연수를 간다는 거야."

"오빠, 진짜 가보고 싶어. 가은이하고 공부한 것도 써먹어 보고 싶어. 너무 가고 싶었는데 기회가 없었어. 내 평생소원이야."

"정말 소원이 그거야? 그러면 일은 어쩔 거야, 그것부터 해결해야지."

겨우 남편의 허락을 얻었다.

남편의 허락을 얻었지만 정말 갈 수 있을지 용기가 나지 않았다. 가라고 하니 오히려 망설여졌다.

'정말 가도 되는 걸까? 대학생도 아닌데 가서 돈만 쓰고 오면 어쩌지?'

대학을 다닐 때는 등록금을 벌기 위해 많은 아르바이트를 했었다. 그래서 시간도 여유도 없었다. 장학금을 받기 위해 열심히 공부하느라 옆길을 돌아볼 수 없었다. 결혼하고 아이를 낳고 일하면서도 영어에 대한 배움의 열정을 놓지 않았다. 친정 부모님은 나를 늘 격려 해주셨다. 마음이라도 털어놓고 싶어 엄마를 만났다.

"엄마, 나 더 늦기 전에 미국에 어학연수 갔다 오고 싶어. 거기 가서 진짜 영어로 이야기해보고 싶고 내 영어가 통하는지도 알고 싶어."

이십 대도 아닌데 무슨 영어 때문에 미국 가느냐고 하실 줄 알았다.

"그래, 이참에 눈 딱 감고 갔다 오렴. 그동안 고생도 많이 했잖아. 그리고 니가 얼마나 가고 싶어 했니?"

미국이 아니면 좀 저렴한 필리핀이라도 다녀올까 아니면 그냥 마음을 접을까 했었다. 하지만 엄마의 말을 들으니 용기가 생겼다.

'그래, 까짓거 가보는 거야. 평생 후회하는 것보다 낫잖아. 열심히 살았는데 이 정도는 해도 되지 않겠어. 그래 결심했어. 가는 거야.'

결심이 서자 비행기표와 어학원을 알아보기 시작했다. 시카고와 샌프란시스코를 고민하다 시카고를 선택했다. 시카고라는 영화를 보았다. 시카고는 도전과 낭만이 교차하는 곳이라는 생각이 들어서 꼭 한번 가보고 싶었다. 하지만 한 겨울의 시카고는 바람이 많이 불고 추운 낭만적인 곳은 아니라고 했다. 조금 싼 비행기표가 나오기를 기다리고 있었다. 다른 나라를 경유해서 간다면 더 싸게도 표는 구할수 있었다. 하지만 내 생각처럼 더 싼 표는 나오지 않았고 출발 날짜는 다가왔다. 적당한 가격의 표가 나오면 사야 했다. 너무 큰 금액에 망설여져서 결정을 못 하고 있었다.

친정엄마가 전화를 하셨다.

"그래, 오데로 갈라꼬? 날짜 정했나?"

이것저것 궁금한 것들을 물으셨다.

"비행기표는 구했나? 추우니까 옷은 무조건 마이 챙기가거라."

"엄마, 아직 표는 구하는 중이야. 아직 싼 게 안 나오네. 곧 구해지겠지."

일이 바쁘다고 대화를 하다 끊었다. 비용 문제로 아직 결정을 내리지 못했다고 하면 걱정하실 것 같아 다른 일이 있다고 전화를 끊었다.

다음날 친정엄마가 밑반찬을 챙겨오셨다. 한 달에 두 번은 김치와 밑반찬을 챙겨다 주셨다. 김치와 내가 좋아하는 일미 무침을 해오셨다고 하셨다. 반찬통을 내려놓으시면서 검은 비닐봉지로 싼 것을 내 손에 쥐어 주셨다.

"이거 비행기표 값에 보태라. 진작에 보내 주고 싶었는데 나도 여유가 없었다. 지금이라도 니가 갈 수 있어서 다행이다."

"아니야, 돈 다 준비했어. 이런 거 뭐하러 챙겨왔어?"

쭈글쭈글한 손에 들린 검은 비닐 속에는 만 원짜리 두 묶음이 있었다. 그날로 비행기를 예약했다.

그렇게 해서 나는 마흔에 미국 시카고로 어학연수를 가게 되었다.

가장 큰 캐리어와 배낭까지 짊어지고 인천공항에 도착했다. 시카고가 춥다고 하니 옷을 단단히 입어야겠다는 생각이 들어 두꺼운 패딩에 옷을 겹겹이 껴입었다. 하지만 공항은 난방으로 따뜻했다. 이미 등줄기에는 땀이 흐르고 있었다. 인천공항이 처음이라 긴장한 탓에 얼굴에서 땀이 폭포처럼 흘러내렸다. 겨드랑이도 젖어 축축한 느낌이 났다.

비행기 탑승까지 세 시간이 남았다. 엄마한테 가장 먼저 전화를 드렸다.

"엄마 나 인천공항이야. 이제 조금 있다가 진짜 미국 가는 비행기 탈 거야."

"걱정하지 말고 다녀와라. 여기는 엄마가 다 알아서 할게."

엄마 목소리를 듣는 것만으로도 가슴이 터질 것 같았다. 미안하고 죄송한 마음이 들었다. 이십 대에 꾸었던 꿈을 사십이 넘어 이루다니. 그것도 아이 엄마가 되어 이루었다니 가슴이 벅찼다. 엄마와 통화를 하는 순간 사십 대 아줌마가 아닌 스물두 살 미국으로 연수를 떠나는 여대생이 된 것 같았다.

시카고행 비행기를 타고 13시간 날아갔다. 가는 동안 한숨도 잘 수 없었다. 자고 싶지 않았다. 얼마나 기다려서 여기까지 왔는데 소중한 시간을 잠으로 낭비하고 싶지 않았다. 오히려 긴장으로 화장실을 열 번은 다녀온 듯했다. 기내식을 먹는 기쁨도 컸다. 기내식이 입에도 맞지 않고 맛도 없어 손도 대지 않는 사람도 있다고 한다. 태평양 바다 위의 하늘을 날면서 먹는 기내식 맛은 천상의 맛이었다. 옆사람을 보니 맥주를 시켜서 마시는 것 같았다.

'공짜 맥주를 주는구나, 나도 마셔야겠는걸.'

미국 가는 비행기에서 내가 좋아하는 맥주를 마실 수 있다면 기분이 어떨까 궁금했다. 승무원에게 수줍은 목소리로 말하니 방긋 웃으며 바로 가져다주었다. 비행기 안에서 기내식을 먹는 것만으로도 행복한데 맥주까지 마시니 세상을 다 가진 기분이었다. 긴장된 마음이 녹기 시작했다. 다시 없을 혼자만의 비행시간이 행복하고 아쉬웠다. 순간순간을 가슴에 다 담아 두고 싶었다.

9. 나를 시험하라

13시간의 비행시간 내내 잠을 자지 못했다. 긴장과 흥분은 잠을 달아나게 했다. 비행기 기장의 안내 방송을 들으니 도착시간이 얼마 남지 않았다고 했다. 풀어놓았던 안전밸트를 매고 창문을 열었다. 어둠 속으로 불빛들이 하나둘 보이기 시작했다. 조금 더 하강하니 불꽃이 바둑판 모양으로 한없이 펼쳐져 있었다. 끝없이 질서 정연한 불빛들은 일부러 선을 맞춰 줄을 세워 놓은 것 같았다.

'설마 이게 도시라고? 어떻게 도시가 저렇게 반반하고 넓을 수가 있지?'

하늘에서 내려다본 시카고는 인위적으로 자로 재어 만든 것처럼 불빛들이 규칙적으로 나열되어 있었다. 그 불빛들은 어디가 시작이고 끝인지 알 수 없었다. 불빛으로 수놓아진 꽃밭이 가늠할 수 없는 크기로 눈앞에 펼쳐졌다. 시카고는 거대하고 아름다웠다.

'미국이라는 나라 정말 크고 넓구나. 내가 정말 시카고에 도착한

거구나.'

시카고의 오헤어 국제공항에 도착했다. 크고 낡은 공항이었다. 인천공항이 세련되고 모던한 느낌이라면 오헤어 공항은 오랜 시간의 흔적을 고스란히 담고 있었다. 두리번 거리다 길이라도 잃으면 큰일이었다. 지시등을 따라 짐을 찾는 곳에 도착했다. 상상할 수 없는 거대한 컨베이어가 돌아가며 캐리어를 토해내고 있었다. 공항 직원인 듯한 우락부락한 모습의 덩치 큰 흑인이 캐리어를 찾는 것을 도와주고 있었다. 아무리 무겁고 큰 캐리어도 그 흑인은 별 힘을 들이지 않고 들고 나르는 것이 신기했다. 눈이 마주칠까 겁이 났다. 그 순간 내 캐리어가 컨베이어 벨트를 타고 나를 향해 왔다. 손을 뻗어 들어내려고 하자 그 흑인이 한 손으로 가볍게 빼내 주었다. 감사한 마음에 작은 소리로 'thank you'라고 했다. 흑인은 나를 의식했는지 'you're welcome'이라고 말해 주었다. 눈이 마주치자 고개를 살짝 숙여 인사했다. 덩치 크고 무서워 보였던 흑인은 방긋 웃어 주었다.

'흑인이라고 다 무서운 건 아니구나.' 선입견을 가지고 있던 마음이 풀어지고 있었다.

캐리어를 끌고 입구를 나오자 나를 숙소로 데려다주기로 한 사람이 기다리고 있었다. 내 이름이 있는 피켓에 들고 있어서 단번에 그 사람을 알아볼 수 있었다. 키가 190센티미터는 되어 보이고 백인이었다. 긴장한 나를 위해 친절한 미소를 지어주었다. 그는 어느 나라에서 왔느냐? 얼마나 머물 거냐? 요즘처럼 이렇게 추운 날씨는 처음인데 한국도 이렇게 겨울이 추운지와 같은 질문을 했다.

'미국 사람인데 왜 영어가 다르지? 여기도 사투리가 있는 건가?'
그의 영어는 알아듣기에 별다른 문제는 없었다. 매일 듣던 시디에서 나오는 톤과 억양이 달랐다. 미국이라는 나라에 사는 사람들이 다 똑같은 영어를 쓰는 것은 아니었다. 우리나라 사람들도 사투리가 있고 지역마다 방언이 있듯이 미국도 그런 것 같았다. 미국 가면 모두가 시디에 들리는 소리로 대화를 할 줄 알았는데 조금 당황스러웠다. 그래도 다 알아들을 수 있어서 다행이었다. 그의 질문에 나는 영어로 대답을 하고 있었다. 그리 어렵지 않게 영어가 입에서 나왔다. 억지로 떠올리려고 애쓰지 않아도 자연스럽게 영어가 나왔다. 물론 외국인인 나를 배려해서 그리 어렵지 않은 영어로 질문을 해주었기 때문이었을 것이다. 그렇다 해도 미국에서 처음으로 영어로 대화하는 기분은 달랐다. 전혀 통하지 않을지도 모른다고 걱정했던 마음이 가벼워지고 있었다.

그는 어제 일본에서 온 학생을 숙소로 픽업해주었다고 한다. 일본인 학생이 영어를 너무 못해 고역이었다고 했다. 하지만 한국인 학생인 너는 영어를 잘해서 훨씬 편하다고 했다. 공부하러 오는 동양인들

대부분이 영어를 잘하지 못한다고 했다. 간단한 영어로 하는 의사소통도 어려운 경우가 종종 있었다고 한다. 하지만 너는 한국에서 어떻게 영어를 공부했냐고 오히려 궁금해했다. 혼자 미국까지 온 것이 두렵고 무서웠는데 지금은 신기하고 뿌듯한 느낌이 들었다.

그의 차로 20분쯤 큰 도로를 달렸다. 밤이었지만 창밖을 구경하느라 눈을 떼지 못했다. 일단 도로의 크기가 어마하게 컸다. 달리는 차들의 크기가 다양했다. 어마하게 큰 트럭부터 특이하게 생긴 차들도 함께 도로를 달리고 있었다. 영어로 된 간판들이 줄지어 보였다. 한동안 한국어를 말하지도 쓰지도 않고 영어만 사용해야 한다고 생각하니 기분이 이상했다. 숙소에 도착해서 간단한 확인을 거쳐 내 방으로 들어갔다. 서른 평대의 아파트같이 생긴 곳이었다. 각자의 방이 있고 거실과 부엌은 공용이었다. 문을 열고 들어가니 거실에 키가 큰 외국인 여자가 TV를 보고 있었다. 간단한 인사를 나누었다. 프랑스인이었고 영어를 배우러 온 내 또래 여자였다. 결혼은 하지 않았고 직장을 그만두고 쉬는 동안 영어를 배우기 위해 미국에 온 것이라 했다.

'내 또래의 프랑스인이 룸메이트구나! 나보다 더 멀리서 영어를 배우러 왔네.'

늦은 밤이었지만 대화를 나누느라 시간이 가는 줄 몰랐다. 프랑스인이 사용하는 영어에는 불어 발음이 간간이 들어 있었다.

'프랑스인이 영어를 하면 이렇게 하는구나.'

영어로 서로 대화를 하는 데는 전혀 문제가 없었다. 미국식 발음과 미국식 스타일 영어라는 것에 너무 집착할 필요가 없다는 것을 알게 되었다.

내 방에 들어와 대강 짐을 정리했다. 방에는 커다란 책상 하나와 침대만 있었다. 다행히 샤워실이 딸려 있었다. 목욕하고 침대에 누웠다. 침대가 너무 커서 썰렁한 느낌이 들었다. 이불 안은 차가웠다. 차가운 공간을 데우기 위해 뜨거운 열기를 내뿜는 난방기 소리가 크게 들렸다. 방바닥이 절절 끓을 정도로 따뜻한 우리 집과 달랐다. 쉽게 잠이 올 것 같지 않았다. 내일 수업 스케줄을 펼쳐 보았다. 아침 일찍부터 수업이 있었다. 함께 지하철을 타고 수업 들으러 갈 사람은 라운지에서 8시에 모이라는 말을 들은 것 같았다. 혹시 제대로 못 들은 것은 아닌지 걱정이 되기도 했다. 내일은 꼭 수업에 가야 한다. 불 끄고 자려고 눈을 감았다. 친정엄마가 생각난다. 남편, 아이보다 우리 엄마가 제일 먼저 생각이 났다.

'엄마, 나 미국에 드디어 영어 하러 왔어.'

제4장

완전 영어 정복 엄마표 영어

1. 엄마표 영어 성공기

엄마표 영어는 과연 성공을 할 수 있을까? 엄마표 영어로 과연 영어가 될까? 아이와 엄마표 영어를 하고 있으면서도 잘하고 있는지 의심스러울 때가 많다. 과연 내 아이는 어느 정도까지 영어를 하는지 궁금하기도 했다. 집 근처 새로 생긴 어학원에 레벨 테스트라도 받아야 하나 갈등이 생길 때도 많았다.

학원 레벨 테스트를 받으러 가면 원장님들이 하는 말씀이 있다. '어머니 왜 이제야 오셨습니까? 아이 영어를 어떻게 이 지경까지 내버려 두실 수 있었습니까?' 괜한 말은 아닐지 모르지만 약간의 상술도 있을 것이다. 그러한 말에 쉽게 흔들려 얼른 학원등록을 한다면 그동안의 나의 노력은 헛수고가 될 것 같았다. 내 아이의 실력과 속도에 맞게 잘하고 있는데 괜히 휘둘림을 당하고 싶지 않았다. 그래서 엄마표를 고수하며 레벨 테스트를 받지는 않았다.

아이는 중학교 1학년이 되었다. 중학생이 되니 성적에 예민해질 수밖에 없다. 아이가 말하기보다 문법도 더 잘했으면 좋겠고 어려운 독해도 척척 해냈으면 좋겠다는 생각이 들었다. 영어만은 꼭 백 점을 받았으면 좋겠다는 마음도 있었다. 내 아이가 영어로 돋보이면 좋겠다는 생각은 하고 있었다.

가은이가 먼저 말을 꺼냈다.

"엄마 내가 영어 과목은 잘했으면 좋겠지."

"당연하지, 가은이가 영어 잘하면 엄마는 너무 기분 좋지."

"엄마, 나, 학교에서 수행평가로 영어 말하기가 있었어. 그때 발표하니까 친구들이 다 외국에서 태어났냐고 물어보는 거 있지. 그러니까 영어는 우리 반에서 내가 젤 잘하는 것 맞잖아."

학교에서 칭찬을 받았다는 것에 가은이는 자신감이 넘쳐 있었다.

학교 수행평가에서 좋은 평가를 들은 가은이는 영어토론 대회를 나가고 싶어 했다. 영어 토론대회는 준비가 까다로워 1학년 가은이에게 어려운 일 같았다. 영어를 꽤 한다는 아이들이 나가고 싶어 하는 토론대회에 내 딸이 나간다니 기쁘기도 했지만 걱정스럽기도 했다. 담임 선생님의 추천과 반 친구들의 응원으로 가은이는 학교 대표로 시에서 하는 영어토론 대회에 나가게 되었다. 보통 3학년이 나가는 것이 관례인데 1학년이 나가게 되었으니 당연히 수상은 어렵다고 생각했을 것 같았다. 가은이는 함께 팀을 이루는 친구와 둘이서 밤늦도록 토론 주제에 대해 자료를 찾고 정리해나갔다. 영어 토론대회라는 것이 워낙 생소하고 경험도 없어 준비하는 내내 많은 고생을 했다.

준비한 자료들을 바닥에 펴놓고 서로 예상 질문을 만들어 가며 연습하고 있었다. 새벽이 다 되어서야 친구 집에서 연습을 마치고 돌아왔다. 가은이는 불평 한번 없이 토론 준비기간을 최선을 다해서 보내고 있었다. 어떤 주제가 나올지 몇 가지를 뽑아 원고를 만들었다. 자신들의 주제를 다양한 방법과 자료들로 상대를 설득시켜야 했다. 논리적인 근거를 충분히 찾고 조리 있게 발표할 수 있어야 했다. 다른 팀을 공격할 논리적인 반론을 찾기 위해 책과 인터넷을 뒤지고 정리하는 일을 반복해 나갔다. 정리된 생각을 영어로 바꾸는 어려운 작업이 이어졌다. 힘들고 피곤하다고 징징거릴 줄 알았던 가은이는 몰랐던 사실들을 알게 되어 많은 공부가 된다고 오히려 좋아했다. 친한 친구와 밤늦게까지 함께 할 수 있다는 것에도 즐거워했다.

코로나로 토론대회는 유튜브로 생중계가 되었다. 떨리는 마음을 진정시키기 어려웠다. 가은이가 얼마나 떨릴지 상상이 되었다. 내 심장 소리가 이렇게 큰지 여태 모르고 살았다니 신기했다. 심장이 밖으로 튀어나올 정도로 쿵쾅거렸다. 각자의 팀들이 소개되자 떨리던 마음은 가라앉았다. 팀들이 소개되고 가은이 팀이 소개가 있었다. 다른 팀들에 비해 확실히 어려 보였다. 언니 오빠들 사이에서 우리 딸이 끝까지 포기하지 않고 해주기만을 바랐다.

우리 팀을 제외하고 학구열이 높다고 소문난 동네의 3학년 학생들로 대부분 팀이 구성되어 있었다. 그 틈에 있는 우리 딸과 딸 친구는 아무것도 모르는 병아리처럼 보였다. 언니 오빠들의 영어를 제대로 이해하고 반론을 제기할 수 있을지 의문이었다. 토론이 시작하기도 전에 화장실을 여러 번 다녀왔다. 긴장으로 가만히 앉아 있을 수가 없었다. 토론에 참석한 가은이보다 내가 더 긴장하는 것 같았다. 혹시나 실수라도 하면 어쩌나 해서 가만히 지켜보기가 어려웠다.

'언니 오빠들 사이에서 벌써 주눅 든 것은 아니겠지?' 학교 대표로 나왔는데 너무 못하지만 않으면 좋겠다는 생각이 들었다. 상을 타고 안타고는 중요하지 않았다. 다른 학생들의 토론이 먼저 시작되었다. 영어를 언제부터 공부해왔는지 발음도 내용도 좋았다.

'정말 잘 하는구나. 가은이가 잘 해낼 수 있을까?'

가은이 팀의 차례가 되었다. 너무 긴장해서 처음에는 가은이의 말소리가 내 귀에 잘 들리지 않았다. 마음을 진정시키고 나니 이번에는 가은이의 숨소리까지 들렸다. 원고를 또렷하고 자신감 있게 읽어나갔다. 다른 팀의 질문에 논리적으로 반박하는 모습은 굉장했다.

'저렇게 단호하고 침착한 아이가 내 딸이었나?'

'어떻게 저런 말로 상대를 제압할 수 있지?'

가은이가 토론하는 모습을 보고 있으니 가슴이 먹먹해졌다. 어쩜 저런 상황에서 저렇게 최선을 다할 수 있는지 궁금했다. 가은이는 지금 무슨 생각을 하고 있을까?

마지막으로 외국인 선생님이 뜬금없이 전체 학생들을 대상으로 무작위로 질문을 던졌다. 우열을 가리기 어려웠는지 즉흥적으로 갑자기 질문을 던진 것 같았다. 질문이 던져지자 가장 먼저 대답한 것은 가은이었다. 다른 학생들은 질문을 이해하느라 잠시 머뭇거리던 순간 질문을 바로 이해한 사람이 가은이라는 사실이 놀라웠다. 막힘 없이 술술 대답해 나가는 모습에서 자신감이 보였다. 누군가의 도움 없이 자신의 노력으로 지금의 자리에 서 있는 내 딸이 대견했다.

30분 후 결과가 발표되었다. 결과에 대해서는 연연해하지 않기로 했지만, 신경이 쓰였다. 3등 발표가 있었다. 가은이 팀은 아니었다. 3등 정도는 은근히 해도 될 것 같았는데 아쉬웠다. 2등으로 가은이 팀의 이름이 불렸다. 중3 학년 언니, 오빠들과 겨루어 2등을 했다는 것은 굉장했다.

"우와! 우리 가은이가 해냈다."

특별한 방법으로 특별히 비싼 학원을 보내지 않았지만, 영어 토론 대회에서 2등은 굉장했다. 기쁨으로 온몸이 짜릿했다.

"가은아 너 어떻게 그렇게 빨리 대답할 수 있었니?"

"엄마, 엄마하고 맨날 하던 영어 공부가 도움 되었어. 질문이 그냥 다 들렸어. 그래서 그냥 대답한 거야."

엄마표 영어를 해온 것에 감사했다. 포기하지 않고 열심히 해온 가은이와 나에게 하늘이 주신 선물 같았다.

2. 엄마표 영어 어렵지 않아요

누구나 할 수 있다. 영어를 잘해야 하는 것이 아니다. 영어전공자라고 영어 공인점수가 높다고 내 아이에게 영어를 잘 가르칠 수 있는 것은 아니다. 엄마라서 할 수 있고 엄마라서 가능한 것이 엄마표 영어이다. 학창 시절 가장 점수가 낮았던 과목이 영어여서 아이에게 영어는 가르칠 수 없다고 한다. 영어 발음이 구려서 도저히 아이에게 영어를 가르칠 수 없다고 한다. 그냥 영어 자체가 싫고 울렁증이 있어서 영어를 가르칠 수 없다고 한다. 아이에게 영어를 못 가르칠 핑계를 대려면 한도 끝도 없다.

하지만 영어 잘하는 아이로 키우고 싶다는 마음은 간절하다. 영어를 좋아하는 아이로 키우고 싶은 욕심을 내려놓기 어렵다. 유명한 학원에 보내면 되지 않을까? 원어민 선생님이 하는 과외는 어떨까? 과외와 학원을 보내서 영어를 잘할 수 있다면 무슨 걱정이 있겠는가?

학원과 과외로 영어를 듣고 말할 수 있다면 우리나라에서 엄마표 영어라는 말도 존재하지 않아야 한다.

엄마표 영어를 시작하기 위해서는 목표가 명확해야 한다. 아이가 세 살이라면 아이의 귀를 영어에 익숙하게 만드는 것에 목표를 두면 된다. 세 살 아이는 시간이 많다. 쉬엄쉬엄 스트레스 덜 받고 영어를 시킬 수 있는 시기이다. 매일 시디를 틀어주기만 해도 효과가 있다. 하지만 이 시기를 놓쳤다면 다음 시기가 있다. 학교 들어가기 전 일곱 살 정도도 좋은 시기이다. 하지만 초등학교 입학 준비로 조금 바쁘다. 영어 이외에 신경 써야 할 과목이 늘어난다. 너무 어렸을 때 배우는 영어보다 배우는 속도는 빨라진다. 짧은 시간의 노출도 효과가 클 수 있다. 포기하지 않겠다는 마음만 먹는다면 귀를 여는 것은 식은 죽 먹기다.

초등학교 입학과 동시에 받아쓰기 시험이 시작된다. 그 어렵다는 수학도 슬슬 시작해야 한다. 해야 할 것 배워야 할 것 천지다. 누가 얼마나 잘하고 누가 얼마나 똑똑한지 보이지 않는 경쟁을 엄마들이 하는 시기이다. 더 어렵고 더 난이도 있는 것을 빨리 배우게 해주고 싶다. 욕심은 화를 부른다. 무분별하게 많은 숙제를 하느라 힘들고 영어가 재미없어지는 시기이기도 하다. 집에서 그냥 시디 틀어주는 것만 못하다.

귀가 영어라는 말소리에 익숙해져야 한다. 귀로 영어를 들어야 yes나 no의 간단한 답을 제대로 할 수 있다. 무작정 문장 외우기보다 무작정 먼저 듣는 것이 중요한 이유이다. 귀부터 열고 영어 말하기는 그다음이다. 조급한 마음만 내려놓는다면 누구나 할 수 있다. 그 이후에, 혼자서 쉬운 영어책을 읽고 즐거울 수 있다. 아이를 관찰하다 보면 알게 된다. 그때는 적절하게 우리 아이에게 맞게 빠르기와 양을 조절하면 된다. 정해진 목표를 향해 달려가는 과정에서 아이의 성장 속도에 따라 수시로 목표를 수정할 수 있는 것이 엄마표 영어의 장점이다.

같은 레벨의 같은 책을 배운다고 다 같은 수준이 아니다. 어떤 아이는 야무지게 해서 자기 것으로 만들어 나간다. 또 다른 아이는 딴 짓만 하고 대충 넘어가는 아이도 있다. 엄마표 영어로 아이의 수준을 알고 함께 호흡하고 즐기며 꾸준히 하는 게 중요하다. 당장 수능점수를 올려야 하는 것이 아니지 않는가? 영어로 듣고 말하기가 목적이라면 무엇부터 해야 할지 생각해보아야 한다. 즉 한국어가 아닌 다른 언어를 하나 더 습득하는 것이 목적이 된다. 우리가 한국어를 배울 때를 생각해보면 된다. 종일 한국어가 들리는 환경에서 듣기만 한다. 그러다 어느 날 엄마 아빠라는 단어를 말할 수 있게 된다. 한국어도 그렇게 오랜 시간 들어야 말할 수 있는데 영어를 배우려는 사람들은 너무 성급하다. 일정한 시간을 들어야 영어로 말할 수 있다.

미국 가서 영어를 들을 필요 없다. 여러 가지 속도와 주제의 다양한 시디도 있다. DVD도있고 유튜브라는 매체도 있다. 요즘은 좋아져서 집에서 텔레비전으로 할 수 있는 것들도 많다. 영어로 춤추고 노래할 수 있는 프로그램들이 가득하다. 특별한 기술도 필요 없다. 그냥 틀어주고 함께 듣고 함께 웃고 놀면 된다. 어려운 일이 아니고 귀찮은 일이다. 누가 오래 귀찮은 것을 지속하느냐의 문제이다.

너무 잘하려고 하면 빨리 지친다. 처음부터 잘할 수 없음을 받아들여야 한다. 하지만 그런 마음은 오래가지 못한다. 옆집 아이와 비교하고 앞집 아이와 비교한다. 같은 반 친구와 비교하고 사촌하고도 비교한다. 아이를 다그치기 시작한다.

'왜 이거밖에 못 하니?'

'왜 이렇게 느리니?'

결국은 '너 누구 닮았니?'라고 하며 건드려 서는 안될 상대까지 건드린다.

내 아이는 걸음마도 또래에 비해 늦었고 기저귀를 떼는 것도 느렸다. 다른 아이에 비해 분유도 오랫동안 끊지 못했다. 한국어 배우는 것도 빠르지 않았다. 초등학교 1학년 받아쓰기 시험도 꼴찌였다. 가은이는 느리고 배움이 더뎠다. 영어도 마찬가지였다. 비슷하게 시작한 아이들보다 항상 처져 있었다. 내 아이를 받아들이고 평정심을 유지하며 기다려주었다. 조금 느려도 끝까지 포기하지 않고 간다는 생각을 버리지 않았다. 잘하기보다 지치지 않으려고 애썼다.

확인하려 들지 말아야 한다. 배우는 것이 느리고 더딘 아이와 엄마표 영어를 하는 것은 많은 인내가 필요하다. 비슷하게 시작한 다른 아이들이 앞지르면 엄마는 불안하다. 아이에게 '알겠니?', '이해하니?', '금방 배운 거 기억하니?'라고 하며 자꾸 확인하려 든다. 아이는 잘 까먹기도 하고 잘 알고 있던 것도 생각해 내지 못할 때가 있다. 결국 아이는 짜증을 내고 엄마와 함께 하는 시간을 피하게 된다. 아이가 충분히 받아들이고 익힐 수 있는 시간을 주어야 한다. 비난과 질책보다는 편안하고 즐거운 분위기에서 함께 해야 한다. 오늘 모르면 내일 알 수 있고 내일 모르면 또 그다음 날이 있다. 확인하려 들지 말고 아이와 함께하는 순간을 가장 기다려지는 시간으로 만들어야 한다.

아이도 엄마도 오래 할 수 있고 즐겁게 할 수 있는 방법을 찾는 것이 최고다. 가장 쉽게 엄마가 할 수 있는 방법을 찾아서 아이와 오래 하면 엄마표 영어는 성공한다. 방법은 널려 있다. 엄마에게 가장 쉽고 편안한 방법이 가장 성공하는 방법이다. 고민해서 찾아낸 방법들을 오래 지속 할 수 있다면 엄마표 영어 무조건 된다.

3. 알파벳 가르치기

우리 딸에게 알파벳을 가르치게 되었다. 큰일이다 싶었다. 나를 닮았으니 어지간히 외우는 데는 재주가 없을 것 같았다. 가만히 앉아서 쓰자고 하니 재미없어한다. 알파벳을 알아야 영어책도 읽지. 얼른 가르쳐서 책 읽히고 싶은 욕심에 목소리가 커진다. 내 마음이 급해진다.

'에라 모르겠다. 알파벳 가르치다가 내가 죽을 판이다.'

펄펄 끓는 물에 커피부터 진하게 한잔 마시고 시작해야겠다. 커피 마실 동안 유튜브로 뽀로로 틀어주면 조용해진다.

'어라! 뽀로로. 저게 뭐라고 저렇게 집중을 할까?'

'뽀로로 알파벳은 없을까?'

가만히 살펴보니 뽀로로 알파벳 노래도 있었다. 뽀로로와 친구들이 나와서 알파벳 노래도 부르고 난리다. 아이는 이미 빠져들었는지 몇 번을 반복해 보고 있었다.

"가은아, 그만 보고 알파벳 다시 해보자."
"아니야, 그거 안 할래. 그냥 이거 볼 거야."

맙소사. 큰일이다. 아이는 유튜브를 끄려고 하지 않았다. 내 휴대폰을 놓지 않으려 했다. 그때 알았다. 뽀로로가 얼마나 무서운 존재인가하는 것을. 아이는 그 뒤로 한 시간을 같은 유튜브를 보며 놀다 잠이 들었다. 다음 날도 아이와 알파벳 공부가 시작되었다. 서너 글자 공부하고 힘들면 유튜브를 보여 달라고 떼를 썼다. 알파벳 가르치기 정말 어렵다는 생각이 들었다. 나도 커피를 계속 마시며 속으로 차오르는 화를 눌렀다. 매일 알파벳 공부는 그런 식이었다. 알파벳 대문자로 시작해서 뽀로로 유튜브 보는 것으로 끝이 났다. 그렇게 일주일이 지나고 이 주일이 지났다. 알파벳 가르치기는 점점 멀어졌다.

'그래 공부는 다 때가 있는 거야. 아직은 때가 아닌 거야.'
그렇게 알파벳 가르치기는 끝이 나는가 싶었다. 금요일 치킨을 시켜서 남편과 맥주를 한잔하게 되었다. 가은이는 닭 다리 두 개를 자기 몫으로 챙겼다. 다리가 없어도 맥주 안주로 치킨은 그만이다. 나는 닭 날개를 좋아한다. 살은 많이 없어도 야들하고 씹는 맛이 일품이다. 냉동실에 넣어서 차가워진 맥주를 잔에 따른다. 하얀 거품이 피어오르고 탄산이 터지는 모습이 보인다. 단숨에 마시면 목구멍까지 얼얼하면서 시원해진다. 묵은 체증도 함께 사라진다. 아이 알파벳 가르치는 것 때문에 우울했던 마음도 사라지고 있었다.

"엄마! 이 맥주는 왜 H(에이치)라는 글자가 있는 거야?"
"맥주가 영어로 H(에이치)라고 시작하는 거야?"
뜬금없이 H에이치라는 글자를 손가락으로 가르켰다. 맥주를 마시려다 놀래서 도로 내려놓았다.
"옴마. 가은아 H(에이치)이거 알겠니?"
"응, 엄마가 가르쳐줬잖아. 그리고 뽀로로 하면서 다 알아."
가은이는 간단한 알파벳을 알고 있었다. 유튜브의 뽀로로 노래로 알파벳을 알게 되었던 것이었다.

그날 이후 가은이는 영어로 된 간판을 읽기 시작했다. 억지로 하려고 했을 때 되지 않던 일이 조바심을 내려놓으니 되는 것 같았다.

알파벳을 가르치는 것은 영어를 가르치기 위한 가장 기본 단계이다. 내 아이니까 더 잘 가르치고 싶었다. 더 빨리 가르쳐주고 싶었다. 마음이 급해지니 가르칠 때마다 속도 조절이 안 된다. 화부터 나고 목소리도 커진다. 아이의 반응을 보니 더 조바심이 난다. 아이가 배운 것을 이해하는지 확인하려 했다. 물어보고 모르면 화부터 났다. 그런 엄마와 공부하는 시간은 아이도 힘들었을 것이다. 조금 내려놓고 기다리니 자연스럽게 알게 되었다. 유튜브를 활용하고 적당한 칭찬이 효과가 있었다.

재미있는 방법을 찾아야 했다. 뭔가 게임처럼 할 수 있는 것을 찾고 싶었다. 아이와 소통할만한 방법이 필요했다. 나는 초등학교 소풍 가면 가장 기다리던 시간이 보물찾기였다. 초등학교 1학년 첫 소풍을 학교 뒷산으로 갔다. 그때 보물찾기라는 것을 하게 되었다. 나무 밑이나 돌덩이 밑을 살피다 보면 딱지 모양의 접어놓은 종이가 있다. 조심스레 펼치면 연필로 '보물'이라는 글이 적혀있었다. '보물'이라는 글씨가 적힌 종이를 찾아서 선생님께 들고 가면 노트나 연필로 바꿔 주셨다. 보물이라는 글씨가 적힌 종이는 몇 장 되지 않았다. '준비, 시작'하는 소리가 나는 순간 튀어나가 숲을 뒤져야 한다. 그러다 하나를 발견하면 기분이 얼마나 좋았는지 모른다. 보물찾기하듯이 알파벳을 가르쳐 보면 어떨까 하는 생각이 들었다.

프린트로 알파벳을 출력해서 하나하나 잘라 두세 번을 접어 집안 곳곳에 숨겨둔다. 정해진 시간 동안 많이 찾아오는 사람이 이긴다. 다 찾으면 종이를 펴서 쓰인 알파벳을 크게 읽으면 된다. 아빠와 아이는 서로 빨리 찾으려고 온 집안을 뒤진다. 하나를 먼저 찾은 아이가 나에게 달려온다. "엄마, 나 알파벳 보물 비(B)를 찾았어."

"가은아 비(B)어떤 소리가 나지?"

"'브'라는 소리가 나고 이름은 비(B)야." 아이는 정확하게 B의 음가와 이름을 알고 있었다.

"누가 더 많이 찾는지 다시 시작~." 아빠와 딸은 온 집안을 뒤지고 돌아다녔다. 부엌의 싱크대도 열어보고 세탁실도 들어가서 기웃거렸다. 두 사람의 얼굴에 땀이 맺혔다. 표정은 밝게 상기되어 있었다.

날씨가 좋은 날에는 아파트 놀이터에 나가 보물찾기를 했다. 다른 엄마들은 도무지 이해할 수 없다는 표정을 지었다.

"저 엄마는 아이와 왜 저렇게 놀아주는 거지?"

"저 엄마가 그 유별난 그 여자 맞지?"

나는 동네에서 이미 유별난 여자였다. 그렇다고 아이와 나의 즐거운 놀이를 그만둘 생각은 없었다. 아이는 준비한 알파벳을 기어이 다 찾아내 읽어야 직성이 풀리는 것 같았다. 끝까지 포기하지 않고 다 찾아내어 알파벳을 읽어주는 재미가 쏠쏠한 것 같았다.

알파벳 보물찾기를 시작한 지 한 달도 되지 않아 아이는 알파벳의 음가는 물론 대소문자 구별을 완벽하게 해내었다. 보물을 찾아올 때마다 큰 소리로 아이를 칭찬해 주었다. 아이가 종이에 적힌 알파벳을 읽는 것을 가만히 듣고 칭찬해 주면 된다.

"엄마 알파벳 찾는 거 너무 재미있어."

"그래, 엄마도 너무 좋아."

"엄마, 나, 엄마하고 다른 것도 공부해 볼래. 엄마랑 하면 다 재밌는 거 같아." 아이는 슬그머니 자신의 마음을 나에게 보여주었다. 알파벳을 가르치기 위해 시작했던 보물찾기는 아이와 나의 관계를 연결해주는 다리가 되었다.

4. 파닉스에 목매지 마라

파닉스가 유행이었다. 파닉스가 뭐 하는 건지 몰라도 꼭 해야 한다고 한다. 파닉스 과정 건너뛰면 큰일 나는 줄 안다. 나도 그랬다. 아이러니했다. 왜 해야 하는지 몰라도 꼭 해야 하는 것이 파닉스였다. 파닉스는 또 어떻게 가르쳐야 하지? 좋다는데 어디서 시작해야 할지 몰라서 답답했다.

엄마표 영어를 하며 가은이는 초등학생이 되었다. 초등학교 같은 반 엄마들과의 모임이 있었다. 내키지 않았지만 무슨 정보가 있나 궁금해서 가보았다. 다른 아이들은 영어를 어떻게 공부하고 있나 궁금했다. 엄마들은 학원이나 그룹과외를 선택해서 하고 있었다. 남편 이야기, 새로 산 명품이야기, 연예인 이야기로 떠들썩했다. 흥미 있는 주제도 내용이 아니었다. 듣는 둥 마는 둥 하고 있었다. 바로 옆자리에 앉은 엄마와 이야기를 하게 되었다.

"요새 가은이는 영어 뭐하고 있나요?"

"집에서 그냥 동화책 조금 보고 있었어요."

"가은엄마. 아직 파닉스 안 하나 봐. 우리 소율이는 영국 살다 오신 선생님이 하시는 그룹에 겨우 넣었잖아. 거기 가면 파닉스는 일주일이면 바로 다 떼준다네. 가은 엄마도 생각 있으면 이야기해. 누가 이사가서 한 자리 비는 것 같던데. 그렇게 집에서 아이하고 둘이서만 하지 말고."

"파닉스 그게 뭐 하는 건데요?"

"나도 잘 몰라. 여하튼 파닉스 그거 안 하면 안 되는 거야."

그 엄마의 말에 '그래, 이참에 엄마표 정리하고 그룹수업으로 갈아탈까? 그게 우리 가은이에게 좋은 게 아닐까? 영국에서 오래 살다 오신 선생님이니 분명 나보다 영어도 잘 가르치겠지' 갑자기 흔들리기 시작했다. 파닉스에 대해 알지도 못하는 내가 못난 엄마 같았다. 나는 파닉스를 따로 배우거나 한 적이 없다. 우리 또래의 사람들은 파닉스라는 말을 들어본 적 없는 세대였다. 그러니 파닉스가 무언지를 알 턱이 없었다. 중학교 입학 전에 겨우 알파벳을 뗐고 학교에서는 파닉스가 아닌 발음부호를 익혀 영어를 읽었다. 요새는 세련되게 파닉스를 공부하고 익혀서 영어를 읽어 낸다고 했다. 발음부호를 배우지 않고 영어를 읽어 내는 방법이 파닉스라는 생각이 어렴풋이 들었다.

'큰일이다. 파닉스 안 배워줘서 우리 딸은 영어 제대로 못 읽으면 어쩌지?'

알파벳 음가만 대강 가르쳤는데 파닉스는 전문적으로 가르치지 않았다는 생각으로 혼란스러웠다. 이렇게 매일 시디나 듣고 있다가는 큰일 나겠다는 생각이 들었다. 급히 인터넷으로 파닉스 책들을 검색했다.

'파닉스 책이 왜 이렇게 많은 거야? 어떤 걸 선택하지? 파닉스 책이 이렇게 많은데 한 권도 안 했잖아.'

이제 큰일이 벌어진 것 같았다. 너무 늦은 것은 아닐까 걱정이 되었다.

파닉스 교재는 알파벳 음가를 가르치는 아주 기초적인 책부터 이중모음까지 가르칠 수 있는 것들로 이루어져 있었다. 가장 인기가 있다는 파닉스 책을 단계별로 주문했다. 모두 4권이었다. 주문한 책을 받고서 설레는 마음으로 열어보았다. 알파벳 따라 쓰고 문제도 풀 수 있게 되어 있었다. 파닉스는 이런 과정을 거쳐서 익혀야 하는 것을 알게 되었다. 하지만 걱정도 되었다. 가은이는 알파벳이 무슨 소리를 내는지 대강 알고 있었다. 함께 노래하고 율동하면서 즐거워했던 영어책을 아이는 조금씩 읽어 내고 있었다. 재미있는 책 내용을 거의 외울 정도로 여러 번 보았다. 체계적인 파닉스를 가르치지는 않았지만 귀신같이 단어의 모양과 뜻을 일치시킬 줄 알았다. 파닉스를 몰라도 아이는 글을 읽고 있었다. 파닉스 안 배우면 책은 못 읽는다는 것은 사실이 아닌 것 같았다.

엄마들은 착각 속에 산다. 파닉스만 배우면 영어단어를 다 읽고 문장을 이해한다고 생각한다. 결과는 파닉스 배운다고 영어 실력이 향상되는 것은 아니었다. 파닉스를 공부해서 단어 몇 개라도 읽을 줄 아는 아이가 되었다고 생각한다. 굳이 파닉스 안 해도 영어 동화책만 읽어도 몇 개 단어는 읽는다. 어렵고 복잡한 단어 못 읽으면 파닉스 안 해서 못 읽는다 생각한다. 여하튼 파닉스 병에 걸린 것처럼 파닉스가 중요하다 한다. 나도 그랬기 때문에 엄마들 마음 충분히 안다. 안 하면 불안하고 해도 큰 차이가 없는 것 같다. 불안하면 안 하는 것보다 하는 게 낫기는 하다.

파닉스는 단어가 가진 소리를 배우는 것이었다. 문자와 음성 간의 규칙을 배우는 것이었다. 억지로 규칙을 외우는 것은 지루하고 재미가 없다. 한 번에 배워 적용시킬 수 있는 것이 아니다. 차라리 영어책을 많이 읽고 들어서 자연스럽게 익혀지는 것이 더 낫다. 하지만 시간과 노력이 많이 든다. 영어 동화책을 좋아했던 가은이는 이미 책을 통해 단어의 결합과 소리에 대해 알고 있는 듯했다. 항상 급한 것은 나였다. 빨리 파닉스를 배우지 않으면 큰일 나겠다 생각했다.

"가은아 이거 풀어보자."

"엄마, 나 이거 안 할래, 그리고 나 이거 다 아는 건데. 그냥 책 읽는 게 더 재밌어."

아이는 파닉스 교재의 가장 낮은 단계를 순식간에 풀어버렸다. 책을 통해 읽고 또 읽으며 이미 낮은 단계의 파닉스는 끝이 난 것 같았다. 그리고 파닉스 책과 아이의 책을 비교해보니 아이가 읽는 책의 단어가 훨씬 어려웠다. 아이는 파닉스를 책을 통해 자연스럽게 익힌 것이었다. 동화책에 나오는 재미있고 다양한 내용을 접하면서 풍부하고 다양한 어휘를 익히게 된 것이 파닉스를 어느 정도 가능하게 해준 것 같았다.

그 뒤로도 특별히 파닉스 책을 사서 억지로 풀리거나 하지는 않았다. 헷갈리는 부분이 있으면 함께 찾아보고 익혀나갔다. 단모음이나 장모음은 파닉스 책으로 익히지 않고 충분히 영어책을 읽히며 익힐 수 있다. 하지만 이중자음이나 이중모음은 조금 복잡해서 파닉스 교재를 사용해 본 적은 있다. 그러나 그 효과는 그리 크지 않았다. 이중자음이나 이중모음은 워낙 복잡해서 성인인 나도 제대로 그 소리를 모를 때가 많다. 그럴 때는 사전을 찾아서 소리를 들어보고 따라해본다. 그렇게 해서 익혀나가고 확인해 나가면 된다. 억지로 일부러 아이와 옥신각신하며 에너지를 낭비하며 파닉스 공부하는 것에 목매지 않아도 된다.

5. 실패라고 생각할 때

　내 아이 가르치기 쉽지 않다. 포기하고 싶은 순간이 많았다. 같은 책을 여러 번 목 아플 때까지 읽어 달라고 떼를 썼다. 그만 좀 하자고 머리를 쥐어박고 싶었다. 엄마니까 참아야 했다. 한편으로는 이렇게까지 참고 인내해야 할 일인가 싶기도 했다. 못 할 때도 잘한다고 칭찬을 해야 했다. 너 이렇게 하다가는 안 된다고 엄포를 놓고 싶기도 했다. 옆집에 순영이는 혼자서 잘 읽던데 너는 왜 그렇게 엄마를 귀찮게 하느냐고 말하고 싶기도 했다. 시간이 갈수록 아이의 실력은 늘지 않는 것 같았다. 아이와의 관계도 함께 멀어져 가는 것 같았다.

　엄마표 영어를 시작할 때의 희망찼던 마음은 서서히 사라져갔다. 시간이 갈수록, 왜 시작해서 이렇게까지 고생을 해야 하는지 의문스러웠다.
　'왜 아직도 여기까지 밖에 오지 못했나?'

'잘하고 있는 건가?'

'우리 아이만 실력이 늘지 않는 건가?'

내 방법이 뭐가 잘못되었길래 내 아이만 유독 영어가 느릴까 생각을 했다. 엄마표 영어에 대한 좌절과 회의는 나를 우울하게 했다. 어디로 어떻게 가야 할지 막막했다.

중학교 입학 전 가은이와 미술 학원을 다니며 친해진 친구의 엄마를 만나게 되었다. 외제차를 타고 명품 가방을 드는 엄마였다. 같이 있으면 이유 없이 주눅이 들고 불편했다. 자주 왕래하는 사이는 아니었다. 인사치레로 밥 한번 먹자고 한 것이 화근이었다. 시간이 없다고 만나지 않을 수도 있었지만 얼떨결에 그 엄마와 약속을 잡게 되었다. 밥 먹기로 한 날이 되었다. 검은색 파카에 낡아서 물이 빠진 청바지를 입고 나갔다. 낡은 청바지이지만 가장 좋아하는 옷이다. 내 몸에 딱 맞기도 하고 편하기도 해서 즐겨 입는다. 불편하지 않으면 좋은 옷이다. 하지만 격식을 갖춘 자리에는 어울리지 않는다. 그녀와의 약속은 격식을 갖출 필요가 없다는 생각이 들었다.

이런저런 이야기를 이어가다 불쑥 놀라운 말을 했다.

"가은엄마, 내 남편이 백수잖아. 맨날 집에서 빈둥거리기만 하잖아. 미치겠어."

"그랬어요? 백수도 능력이잖아요."

"백수 남편 수발이 얼마나 힘든지 모르지?"

"아 그래요. 잘 모르지만, 남편이 백수면 아이들하고 놀아줄 시간도 많고 공부도 봐주고 해서 좋잖아요."

알고 보니 남편은 큰 건물을 몇 개나 상속받아 그 건물을 관리하는 것이 직업이었다. 그녀는 시아버지의 건물1 층에서 커다란 커피숍을 하고 있었다. 만나게 된 장소가 그녀가 운영하는 커피숍이라는 것도 뒤늦게 알게 되었다. 비싼 돈을 들여 피부관리를 하고 있어 보였다. 피부가 햇빛 때문에 반들반들했고 하얗게 빛이 났다.

'피부 꿀광이라는 것이 저런 거구나?'
'도자기 피부라고 해야 하나?'

잡티 하나 없이 관리되어 매끈한 피부가 그녀의 나이를 실제보다 어려 보이게 했다. 그녀는 디자인이 독특하면서도 너무 튀지 않는 옷을 입고 있었다. 평범해 보였지만 자세히 살펴보면 바느질 한 땀 한 땀이 깔끔하고 완성도가 높았다. 명품이었다.

그녀는 아침에 새로 로스팅한 향긋한 커피에 갓구운 고소한 빵을 주었다. 커피가 신선한지 유달리 산미가 강했다. 고소하고 목 넘김도 부드러운데 마지막에는 기분 좋은 시큼함까지 남기는 커피였다.

"가은엄마, 가은이는 영어 잘하죠?"

"아뇨, 집에서 시키는데 별거 없어요. 그냥 최근에 해리포터 읽고 있어요."

"우리 다영이는 해리포터 시시하다고 이제 안보던데. 다영이 다니는 학원은 방학 때 종일 특강 하잖아요. 미국 교과서로 역사하고 과학 배우고 수능도 풀었어요."

학원의 일류 원어민 강사와 미국 역사와 과학을 배우고 입시 전문 강사에게 수능 영어를 배운다고 했다. 해리포터 읽은 것을 큰 자랑으로 내세우려던 나의 코가 납작해졌다. 그리고 그녀는 내가 상상할 수 없는 금액을 수업료로 내고 있었다.

그녀가 선택한 사교육의 우수성과 커리큘럼을 한 시간은 들어주어야 했다. 그중에, 미국 과학 교과서는 나의 눈을 휘둥그레지게 했다. 컬러판에 자세한 그림과 상세한 설명은 교과서가 아닌 최고급 백과사전을 연상케 했다. 과학 못해도 저런 책 한 권만 있으면 저절로 과학 공부가 될 것처럼 보였다. 외국인과 한국인이 지루하지 않게 번갈아 수업해주고 자세한 개별상담도 진행된다고 한다. 그 학원만 등록하면 마치 내 아이는 영어를 잘해서 일류엘리트가 될 수 있겠다는 생각이 들었다. 돈만 있으면 보내고 싶었다. 남편 사업만 아니었어도 저런 교육을 받게 할 수 있을 텐데라는 생각이 들었다. 갑자기 내가 더 작아지고 딸에게 미안해졌다.

중고책방을 뒤져서 먼지 날리는 영어책으로 집에서 영어 가르친다고 궁상을 떨었던 내 모습이 생각나자 비참한 기분이 들었다. 한참을 자기 자랑을 떠들던 그녀가 어제 숙제한 거라며 녹음된 영상을 보여주었다. 어떠한 주제에 대해 그 주제를 써 보고 녹음해서 올리는 과제였다. 같은 또래라고 믿기지 않을 만큼 성숙하고 이쁜 아이가 영어로 발표를 하는 것을 보게 되었다.

과제의 주제는 그리 어렵지 않았다. 발표하는 아이의 영어는 뛰어나지는 않았다. 정리한 내용을 읽어 내는 단순한 일이었다. 내용의 논리성도 부족했다. 그렇게 비싼 학원에 다니는데 저 정도밖에 못 하다니 실망스러웠다. 내 표정을 읽었는지 그 엄마는 영상을 다 보기도 전에 꺼버린다.

"저 날 우리 딸이 감기가 심해서 실력이 제대로 안 나와서 그런 거야. 그래도 엄청 잘하지 않아?"

나는 상대의 기분을 생각해서 수준이 정말 높다고 말해 주었다. 가은이 영어 실력과는 많은 차이가 났다. 버스를 타고 집으로 돌아오는 도중에 많은 생각을 하게 되었다. 돈이 많다고 저런 사교육을 받게 한다고 영어를 좋아할 수 있을까? 녹음된 영상 속 불편하고 긴장한 모습의 아이가 떠올라 마음이 갑갑했다. 우리 딸은 그래도 영어가 너무 즐겁고 엄마와 영어를 함께 하는 시간을 그 어떤 시간보다 즐거워한다.

　비싼 교재를 다 사주지도 못했어도 비싼 커리큘럼이 아니었어도 수능 영어를 풀지 못해도 아이와 나는 영어로 서로의 생각을 자유롭게 나누고 웃을 수 있다. 비싸지도 대단하지도 않은 엄마표 영어지만 함께 웃을 수 있는 가은이와 나는 행복하다는 생각이 들었다.

6. 습관이 실력이다

영문학을 공부했다. 잘하고 좋아해서 선택한 것은 아니었다. 취직에 도움이 될 것 같아서였다. 영어를 잘하거나 좋아하는 사람은 아니었다. 영어는 즐거운 것이 아니라 늘 노력과 고통이었다. 대학을 다니며 영어를 잘하는 친구들을 보았다. 너무나 편안하게 영어를 구사하고 영어원서를 쉽게 읽어 내는 것이 신기하고 부러웠다. 외국인 교수님 수업을 녹음해서 몇 번이나 들어야 이해가 되었다. 영어원서는 한국어 번역본을 옆에 두고 공부했다. 한국어 번역본이 없으면 보통 학생들의 서너 배의 노력을 해야 했다. 영어를 전공하면서 내가 진짜 영어를 못한다는 사실을 알게 된 것 같았다.

영어 회화와 발음에 대해서는 자신감이 특히 부족했다. 외국인을 만나면 얼굴이 빨개지고 머릿속이 하얘졌다. 그래서 엄마표 영어에 대한 도전은 무모해 보였다. 다른 것도 많은데 왜 하필 엄마표 영어를 해보려고 했는지 모르겠다. 나에 대한 변화를 원하는 것 같았다. 특히 영어 회화에 대한 갈망이 이었다. 발음이 조금 나빠도 자신감 있게 말하는 사람이 되고 싶었다. 유창하지 않더라고 영어로 내 생각을 표현하고 싶었다. 아이와 함께하면서 나의 영어 실력을 조금씩 키워가고 싶었다.

내 영어 실력이 아무것도 아니라는 것을 인정해야 했다. 독해나 문법은 그렇다 쳐도 회화는 영 바닥이었다. 바닥이라는 것을 인정하면 부끄러울 게 없다. 실력이 없으니까 내 아이와 함께 기초부터 공부한다는데 누가 뭐라고 하겠는가? 가장 쉬운 영어 동요를 틀어서 같이 듣기 시작했다. 듣고 또 들었다. 많이 들으면 그냥 외워진다. 외워서 같이 노래 부른다. 조금씩 귀가 열리고 발음도 나아졌다. 쉽고 재미있으니 계속할 수 있었다. 스트레스 없이 습관이 되어 갔다.

초등학교 4학년이 되니 영어로 간단한 대화가 가능해졌다. 그동안 듣고 따라 했더니 아이의 실력이 향상되었다. 덩달아 나의 실력도 조금씩 올라갔다. 아침마다 손을 잡고 학교까지 걸어가면서 간단한 단어로 된 문장을 묻고 답할 정도가 되었다. 그동안의 기간에 비하면 보잘것없는 결과일지 모른다. 그럴수록 비교하지 않기로 했다. 비교하면 끝도 없다. 영어로 이야기하는 그 순간에 집중하기로 했다. 영어로 나와 아이가 소통하는 것에 만족했다. 그랬더니 더없이 소중한 시간이 되었다.

손잡고 학교 가는 시간이 즐겁다. 집과 학교와의 거리가 조금 멀었다. 보통 걸음으로 이십 분 정도 걸린다. 처음에는 손만 잡고 조용히 걸었다. 그러다 용기를 내어 영어단어로 문장 만들기를 했다. 문장 하나를 만들면 그다음 문장은 어렵지 않게 만들어진다. 아는 단어로 생각나는 문장을 만들면 된다. 지나가는 사람이 듣지 못하게 작은 목소리로 말한다. 하지만 서로의 목소리는 서로에게 크게 들렸다. 그 순간 아이의 목소리에 집중하는 것이다. 잘 들어야 말할 수 있다. 아이와 나만 존재하는 세상 속에 들어 온 것 같았다.

"가은아 오늘은 우리 날씨에 관해서 해볼까?"
"좋아. 엄마가 먼저 해."
"그러면 어제 읽은 책에서 나오는 문장으로 말해볼게."

어제 날씨에 관한 영어책을 읽었다. 오늘의 영어 주제는 날씨가 된다. 그때그때 배운 내용이나 떠오르는 내용을 주제로 대화가 시작된다. 하다 보면 며칠 동안 같은 주제일 때도 있었다. 어떤 날은 주제가 어려워 몇 문장 만들어 보지도 못하고 끝나기도 했다. 하지만 한 문장이라도 말하는 것이 원칙이었다. 그 원칙을 지켜나가기로 했다. 한 문장이 두세 문장이 되고 많은 문장이 된다. 결국에는 유창하게 될 것이다. 포기하지 않으면 된다는 생각만 했다.

나 : "How's the weather?"

가은 : "It is sunny."

나 : "Why do you like sunny days?"

가은 : "Because I like the sun."

"And I can play in the playground."

나 : "After school, do you have a special plan?"

가은 : "I have a piano lesson after school."

나 : "Do you like a piano lesson?"

가은 :" Sure, I like a piano lesson because my piano teacher is very kind to me."

누가 본다면 그저 엄마와 딸이 사이가 좋아 소곤거리며 많은 이야기를 나눈다고 생각했을 것이다. 하지만 가은이와 나는 영어로 대화를 하느라 정신이 없었다. 날씨 이야기부터 사소한 감정의 변화까지 그날 대화의 주제는 다양했다. 가은이와 많은 대화를 하고 함께 하는 시간을 자주 가진 탓에 가은이는 사춘기가 되어서도 나와의 관계는 친밀하게 유지되었다. 투정이나 짜증보다 솔직하게 마음을 털어놓는 것이 더 편안하다고 느끼는 것 같았다.

지금도 중학생이 된 딸아이와 영어로 대화를 한다. 주제가 날씨와 일상생활에서 벗어났다. 주제가 더 다양해졌다. 국제 난민 문제를 토론하기도 하고 학교 급식 시스템의 장단점을 이야기하기도 한다. 중학교에서 가장 중요한 과목이 무엇인지, 반려동물의 권리를 토론하기도 한다. 아침 뉴스에서 중요하게 다루는 것들을 메모해 두었다가 의견을 나누어 보기도 한다. 서로의 의견이 달라 목소리가 커질 때도 있다. 의견 충돌이 일어나 감정이 상할 때도 있었다. 한 사람이 일방적으로 길게 대화를 이어가는 경우가 생기기도 했다.

중학생이 되니 아침 시간보다는 주로 늦은 밤에 영어토론을 하게 되었다. 아무리 졸려도 자기 전 10분은 영어로 말하기를 한다. 규칙은 습관이 되었고 습관은 실력이 되었다.

7. 엄마는 강하다

사업하는 남편과 결혼했다. 생각지 못한 여러 가지 일로 돈이 쪼들렸다. 과외를 시작했다. 야무지고 열심히 한다는 소문이 꼬리에 꼬리를 물고 퍼져나갔다. 시작하고 얼마 되지 않아 일은 점점 불어났다. 임신하고 아이를 낳기 전날까지 고등학생 수업을 했다. 맡은 일을 끝까지 제대로 하고 싶었기 때문이었다. 학생들이 기다려주지 않을까 걱정이 되기도 했다. 몸을 돌볼 새도 없이 다시 일을 시작했다. 아이를 낳고 딱 일 주만이었다.

조리원은 남의 일이었다. 돌아갈 일터가 있다는 것이 감사했다.
여기저기 안 쑤시는 데가 없었다. 젖이 돌았지만 젖을 물리려 달려갈 시간이 없었다. 어디서 비릿한 냄새가 났다. 창문을 열고 환기를 시켜보아도 냄새가 가시지 않는다. 브래지어 속이 간질거리고 찜찜한 기분이 들었다. 가슴 쪽을 보았다. 젖이 속옷을 뚫고 겉옷까지 적시고 있었다. 비워내지 못한 젖이 차서 밖으로 흘러나오는 것이었다. 젖이 흘러나와 옷을 적시고 마르면서 냄새도 역해졌다. 브래지어 안에 흡수 패드를 여러 겹 덧대어 보았다. 그래도 혹시나 냄새가 날까 봐 옷을 몇 번이고 갈아 입어가며 수업을 했다. 수업 듣는 학생들에게 미안했다. 이렇게까지 해야 하나라는 생각이 들기도 했다. 하지만 좀 쉬고 싶다는 생각보다 일이 많아서 감사했다. 남편만 믿고 있을 수는 없었기 때문이다. 새로 태어난 아이에게 풍족할 정도는 아니지만 내 손으로 필요한 것들을 해줄 수 있어 다행이었다.

자연분만한 덕에 회복이 빨랐다. 원래 건강하고 튼튼한 편이다. 가리는 음식 없이 잘 먹고 잠도 잘 자는 천성적으로 튼튼했다. 친정 엄마가 해주신 미역국을 좋아했다. 국산 참기름에 소고기를 덖어서 국물을 낸 미역국을 좋아한다. 비린 맛을 좋아하지 않아 조개 넣은 미역국은 좋아하지 않는다. 소고기를 크게 썰어 건져 먹을 게 많고 미역이 풍성하게 든 친정 엄마표 미역국이 최고다. 산후조리에도 미역국이면 된다. 하루 세 끼를 다 미역국을 먹어도 질리지 않는다. 일하느라 피곤해도 미역국 먹고 잘 자니 저리던 팔다리도 차츰 나아졌다. 하지만 빠르게 회복이 되지 않는 부분이 있었다. 분만할 때 절개해서 봉합한 부분이 잘 낫지 않고 자주 탈이 났다. 주로 앉아서 하는 일을 하다 보니 자꾸 덧나기만 했다. 앉을 때마다 살이 찢어져서 피가 흐르고 다시 아물기를 반복하는 것 같았다. 피가 난다고 무서운

게 아니었다. 앉을 때의 고통이 너무 커서 죽을 것 같았다. 아이를 낳을 때의 고통과 비교해도 더 큰 것 같았다. 날카로운 송곳으로 아물지 않은 상처를 찌르는 느낌은 온몸에 식은땀이 나게 했다.

친구의 도움으로 한가운데가 뻥 뚫린 방석을 구했다. 동그란 모양의 회음부 방석이었다. 그냥 방석하고 비슷한데 그리 크게 도움이 되리라고 생각지 않았다. 하지만 있고 없고의 차이는 극명했다. 바닥에 앉을때 마다 고역이었는데 회음부 방석을 깔고 앉으니 살 것 같았다. 회음부 방석을 깔고 밥도 먹고 책도 볼 수 있었다. 아이를 안고 앉아 있는 것도 편해졌다. 회음부 방석이 없이 그냥 의자나 방바닥에 앉는 생각은 할 수 없었다. 얼마 안 되는 가격에 회음부 방석으로 새로운 세상이 되었다. 우울했던 마음이 가벼워졌다.

회음부 방석으로 앉을 때마다 생겼던 불편함이 감소했다. 더 많은 일을 할 수 있었다. 문의가 들어 오면 상담을 해서 수업을 열었다. 오후부터 새벽 한 시까지 한 것 같다. 돈이 벌리니 좋았다. 잠이 부족하고 피곤하였지만 돈 버는 재미는 그런 모든 것들을 잊게 해주었다. 태어난 아이는 친정엄마의 손에 맡겨지게 되었다. 평생 해오신 식당 일을 포기하시고 손녀를 키워주시기로 결단을 내리셨다.

일도 많았고 돈도 많이 벌게 되었다. 주말도 잊은 채 일을 했다.

조금 더 빨리 돈을 모아 더 빨리 여유를 찾고 싶었다. 그 당시의 나는 생각도 없었고 경험도 부족했다. 빠르게 급하게 하는 것이 최상인 것 같았다. 앞도 뒤도 돌아보지 않았다. 일에만 집중했다. 하루하루 부지런하고 성실하게 사는 것이 중요했다. 하지만 이상하게 통장 잔고는 늘어나지 않았다. 일을 하느라 돈 쓰는 시간도 없었다.

'내 돈 다 어디로 간 거지?'
'이 정도 노력하고 부지런하면 부자는 되지 못해도 통장에 돈은 늘어나야 하는 거잖아?'
그 이유가 내 남편이라는 것이 받아들이기 쉽지 않았다.

내가 내 일에 정신이 팔려있는 동안 남편은 자기 일에 정신이 팔려있었다. 뭐가 그리 급했는지 남편은 대학교 졸업을 하기 전 창업을 했다. 경험도 없고 기본적인 지식도 없이 자신이 관심 있던 분야에 뛰어들었다. 지금 생각하면 무모하기 짝이 없다. 컴퓨터로 물건이나 건물을 3차원 디자인을 하는 것이라 했다. 가상 공간을 3차원으로 만든 것을 보여 준 적이 있다. 컴퓨터를 잘 모르는 내가 보아도 신기하고 대단했다. 뭔가 대단한 것을 하는 사람이라는 생각이 들었다. 일에 대한 사랑이 유별나고 하고 싶은 것은 해내고야 마는 사람이었다. 유난히 컴퓨터 다루는 것이 어려웠던 나에게 남편은 대단한 사람이었다. 대단한 남편은 돈을 버는 데는 대단하지 못했다. 연구하고 개발하는데 정신이 팔려서 오히려 계좌를 축내고 있었다. 짜증도 나고 화도 났다. 당장 때려치우라고 몇 번이나 언성을 높여 보기도 했다. 내가 아무리 그래도 남편은 포기할 생각이 없었다.

남의 편이라고 해서 남편이라 하지 않던가? 어차피 생활비는 나의 몫이 되었다. 남편에 대해서도 받아들여야 했다. 너의 선택이었으니 너의 선택에 끝까지 책임을 져야 한다고 친정엄마가 말씀하셨다.

'그래, 나의 선택이니 내가 책임지는 것은 당연하다.'

징징거리고 있다가는 아무것도 할 수 없다. 내가 잘 할 수 있는 일을 열심히 하면 된다고 생각했다. 결정적으로 남편에 대한 원망보다 믿음이 더 강했다. 누구보다 자기 일을 사랑하고 열심히 노력했다. 자고 일어나는 시간이 정해져 있지 않았다. 어려운 문제가 생기면 몇 날을 고민하고 연구해서 결국은 해결하고야 마는 사람이었다. 끈기와 의지가 대단해 보였다. 남편이 경제적으로 도움이 되지 못하지만 내가 도움이 될 수 있다고 생각하니 오히려 다행이었다. 내가 집안의 가장이라 생각했다. 도와주는 사람도 도움을 받을 곳도 없었다. 오히려 그러한 상황들은 나를 강하게 만들었다.

8. 엄마표 영어 이것만 해도 된다

엄마들이 엄마표 영어를 시작하지 못하는 이유가 무얼까 생각해 본 적이 있다. 가장 많이 걱정하는 것이 영어 발음이었다. 발음이 너무 구리다고 아이에게 영어로 말하는 것을 두려워한다. 문법과 독해만 공부해왔으니 당연하다. 나만 그런 게 아니다. 대부분 다 발음이 좋지 않으니 혼자 부끄러울 일도 아니다. 그런데 엄마표 영어를 시작하니 당황스럽기 그지없다. 알파벳 읽기부터 시작해서 영어 동요도 불러야 한다. 영어 동화책도 읽어주어야 한다. 아이 앞에서 발음 때문에 점점 작아진다. 외국인 과외라도 받아서 발음을 고쳐야 하나 마음이 급해진다. 그렇다고 순식간에 세련된 발음이 되지 않는다. 발음은 영원한 숙제 같았다.

엄마표 영어를 포기하고 싶지 않았다. 아이와 함께 시디를 듣기 시작했다. 문법과 독해를 빼면 말하고 듣는 것은 아이와 같은 실력이

나 다름없었다. 같이 듣고 따라 하며 영어에 대한 감을 익혔다. 아이와 엄마도 갑자기 드라마틱하게 영어가 늘지 않는다. 조금씩이라도 나아지는 것에 위안을 얻어야 한다. 몇 달 영어를 들었다고 몇 년을 영어를 들었다고 갑자기 발음이 좋아지고 영어 회화가 잘 되는 것은 아니다. 급한 마음만 내려놓으면 얼마든지 할 수 있다. 자꾸 반복하니 거짓말처럼 발음이 조금씩 좋아졌다. 조급해하지 않는 것이 엄마표 영어를 포기하지 않는 방법이었다.

엄마의 발음이 나쁘다고 엄마표 영어를 못한다는 것은 안타까운 일이다. 아이는 엄마의 발음보다 시디나 유튜브 발음에 더 많이 노출된다. 엄마와 아빠는 서울에서 태어나 서울에서 대학을 마치고 직장을 경상도로 온 사람들이 있다. 경상도에서 아이를 낳고 키우고 살고 있다. 그 아이들은 서울말이 아닌 경상도 사투리를 쓴다. 집에서 엄마 아빠와 있는 시간보다 학교 다니며 친구들과 보내는 시간이 월등히 많다. 듣고 말하는 상대도 경상도의 친구들이고 경상도에 있는 사람들이다. 자연스럽게 경상도 사투리에 노출이 훨씬 더 크다. 집에서 아무리 부모가 서울말을 써도 사투리에 노출되는 시간을 앞서지 못한다. 당연히 사투리 쓰는 아이들이 된다. 영어도 마찬가지다. 엄마의 영어 발음보다 시디 원어민 목소리에 훨씬 많은 노출이 된 아이는 원어민 영어 발음을 장착한다. 절대로 엄마의 어설픈 영어 발음을 따라 하지 않는다. 단 엄마의 영어보다 다른 원어민의 목소리에 더 많은 시간이 노출되었을 때 가능하다. 원어민 목소리가 들어있는 다양한 매체에 노출되면 원어민발음이 되지 엄마의 발음을 따라 하지 않는다. 그러니 시시때때로 아이가 원어민발음에 노출이 되는 환경을 만들어야 한다. 그게 엄마표 영어를 하는 엄마의 역할이다. 어설픈 발음으로 영어 동화책 읽어주며 스트레스 받을 필요가 없다.

문법과 독해도 중요한데 듣기만 시키는 게 맞을까 하는 생각이 들기도 한다. 그런 생각이 든다면 초등 저학년 아이에게 문법을 가르쳐 보면 알게 된다. 절대 아이는 이해도 하지 못할뿐더러 시간 낭비라는 것만 알게 된다. 아이는 아이 대로 영어를 어렵고 재미없는 것으로 생각하게 되고 엄마는 엄마 대로 빠른 속도로 지치게 된다. 지치고 힘들면 포기하고 싶어진다. 딱 그렇게 만들어 주는 지름길이 아이에게 문법 가르치는 것이다. 엄마표 영어 하는 데는 엄마가 부지런히 영어를 들려주는 것에 있다. 내가 영어 전공자가 아니라고 미국에 어학연수 안 다녀와서 엄마표 영어 못하는 게 아니다. 그런 것들은 다 말도 안 되는 변명이다. 아이가 영어를 들을 수 있는 환경을 만들어 주는 것에 게으른 사람이다.

엄마표 영어는 시간을 확보해서 시디만 틀어주는 행동을 계속할 수 있는 엄마면 된다. 다른 것은 아무것도 하지 않아도 시디 하나만 틀어줘도 귀는 뚫을 수 있다. 들을 수 있는 환경을 만들어 주는 것이다. 토익 강사를 하고 있었을 때 리스닝 점수가 안 나오는 학생들이 있었다. 매일 꾸준히 토익 리스닝을 듣고 따라 해보고 스크립트를 외우면 점수는 향상된다. 그렇지만 매일 꾸준하게 무언가를 한다는 게 귀찮았는지 조금 해보다 미국이나 필리핀으로 연수를 떠나는 학생들도 많았다. 국내에서 얼마든지 해낼 수 있는 일을 연수까지 하면서 한다는 것은 어떻게 보면 얻는 것 보다 잃는 것이 더 많다. 첫째는 생각보다 큰돈이 든다. 비행기표 값부터 타지에서 영어를 배우는데 필요한 수업료와 생활비도 든다. 둘째는 생각보다 빨리 늘지 않는다는 것이다. 어학연수 가면 금방 영어가 들리고 말이 술술 나온다 생각한다. 언어는 시간이 걸린다. 갑자기 환경을 바꾼다고 되는 것이 아니라 일정한 양만큼 노출이 되어야 한다. 그래서 그 노출시간을 확보하지 않고는 영어가 되지 않는다.

그렇게 연수를 다녀와서 갑자기 귀가 트였다면 그 시간과 돈은 아깝지 않을 것이다. 하지만 미국 연수로 얻는 것은 영어를 사용하는 나라에 대한 문화를 접하고 온 것에 불과하다. 스스로 듣기를 늘리고 말하기를 적극적으로 하려 하지 않는다면 다녀온 시간과 비용에 비해 실력은 미미하다. 토익 리스닝을 위해 미국 연수를 다녀온 학생들은 한국에 와서 다시 토익스크립트를 듣고 외우고를 반복하는 공부를 해야 한다. 순수하게 토익 듣기가 목표라면 과감하게 어학연수는 생략하고 도서관에서 토익 리스닝 듣고 스크립트 외우기가 가장 나은 공부 방법일 것이다.

토익이든 영어 회화든 듣기가 가장 우선이다. 다른 거 신경 쓰지 않고 방해를 받지 않고 수월하게 해낼 수 있는 시기가 서너 살부터 초등학교 들어가기 전이다. 천천히 여유롭게 영어를 들으며 영어에 노출될 수 있다. 영어에 노출시간이 길면 길수록 유리하다. 큰 힘 들이지 않고 영어를 배우고 익힐 수 있는 조건이 된다. 수능도 듣기가 있고 토익도 듣기가 있고 외국인과 회화를 잘하기 위해서도 듣기가 필요하다. 제대로 듣기만 한다면 yes나 no의 가장 짧은 단어로도 대화를 이어갈 수 있다.

듣기를 할 때 가장 중요하게 생각해야 하는 것은 아이의 취향이다. 아이가 좋아하는 캐릭터나 좋아하는 애니매이션을 선택하는 것이 좋다. 다섯 살 때 뽀로로라는 프로그램이 있었다. 아이는 종일 보아도 질리지 않아 했다. 맨 처음에는 우연히 틀게 된 아동용 채널에서 뽀로로를 알게 되었다. 어른의 눈에 뽀로로는 그렇게 재미있고 특별한 캐릭터도 아니었다. 아동용 애니매이션이 아이들의 눈높이에 맞춘 것들이라 내용이 건전하니 어른들에게는 시시하기만 하다. 그렇지만 내 아이에게 뽀로로는 친구이며 영웅이었다. 한없이 보고 또 보아도 질리지 않는 마력을 가진 캐릭터였다.

뽀로로가 나오면 다 좋아했던 아이는 뽀로로가 영어로 하는 말을 거의 외울 정도로 보았다. 보고 또 보아도 지겹기는커녕 매일 새로운 것처럼 즐거워해 주었다. 자연스럽게 뽀로로의 영어 대사와 뽀로로의 친구들이 하는 말들을 외우게 되었다. 다섯 살 아이에게 뽀로로의 영향력은 막강했다. 영어라는 벽을 아이는 가볍게 타 넘으며 영어를 듣고 말하게 되었다.

엄마표 영어가 어렵다면 듣기라도 건져야 한다.

지금은 더 쉽다. 넷플릭스나 유튜브와 같은 매체에서 흔하고 쉽게 다양한 것들을 구할 수 있다. 영어 듣는 환경을 만들기는 더 쉬워 보인다. 더 빠르고 편하게 이용할 수 있는 것들이 넘친다. 그럴수록 자신의 아이를 잘 관찰해야 한다. 어떤 캐릭터를 좋아하는지, 어떤 것에 관심이 있는지를 찾는 것이 복잡하고 어려워졌다. 그게 귀찮으면 엄마표 영어 못한다. 최소한 그런 노력이 있어야 한다. 내가 하고 싶은 것 다 하고 놀고 싶은 것 다 놀면서 할 수 있지는 않다.

제5장

쉽게 시작하고
즐겁게 완성하는 엄마표 영어

1. 쉬운 게 최선입니다

내 아이에게 영어를 가르칠 방법은 무수히 많다. 또한 아이가 영어를 배우기 위한 도구, 자료, 정보도 넘친다. 너무 많은 자료와 정보가 있어서 어떻게 해야 할지가 오히려 고민이다. 나보다 영어 실력이 좋은 엄마도 너무 많다. 시중에 유명한 영어 동화책을 전부 보유한 집도 많다. 어느 사이트에서 어떤 자료를 뽑아 써야 하는지도 훤한 사람들이 많다. 엄마표 영어 전도사부터 아빠표 영어 전문가들의 이야기도 넘쳐난다. 정보가 너무 많아 혼란스럽다. 이렇게도 하고 싶고 저렇게도 하고 싶다. 이렇게 하면 좋을 것 같고 저렇게 하면 더 좋을 것 같다.

그렇지만 한 가지 분명한 것이 있다. 엄마표 영어로 아이에게 영어를 가르치고 싶다는 간절한 마음이 있어야 한다. 대충 하다가 학원에 보내면 되겠지 하는 생각이라면 처음부터 학원에 보내는 게 낫다.

남이 하니까 나도 그냥 한번 해본다고 시도하는 것은 시간 낭비다. 아무 이득도 없고 효과도 없다. 자칫하다간 아이와 감정만 나빠지고 엄마들의 힘만 빠지는 결과를 초래한다. 엄마표 영어를 할까 말까 고민이라면 당연히 하는 게 낫다고 말하고 싶다. 엄마가 자기 아이 영어를 가르치는 것은 좋은 점이 많다. 하지만 시작할 때의 마음과는 달리 시간이 흐를수록 어렵고 힘든 일이 엄마표 영어이다. 그래서 한번 시작하면 무슨 일이 있어도 꾸준히 흔들리지 않고 가야겠다는 독한 마음이 필요하다.

마음을 먹었다면 행동으로 실행해야 한다. 마음먹기까지 오래 걸렸고 많은 고민이 필요했다. 하지만 정작 본 게임은 시작도 되지 않았다. 남들이 보기에 자녀에게 영어를 가르치는 엄마는 고상해 보이고 수준 높다고 생각한다. 절대 고상하게 품위를 따지며 할 수 있는 일이 아니다. 스스로와의 싸움이면서 아이와 밀당하는 것이 엄마표 영어이다. 영어를 왜 해야 하는지도 모르고 영어를 좋아하지도 않는 아이에게 영어를 배워야 하는 목적을 불어 넣는 것부터가 고된 일이다. 아무리 열심히 하고 고민해도 아이는 몰라준다. 기분이 좋으면 좋은 대로 나쁘면 나쁜 대로 엄마에게 온갖 투정을 한다. 아이와의 이런 모든 감정의 깊이와 골을 느끼며 하는 것이 엄마표 영어. 매일 전쟁 하듯 치열할 수밖에 없다.

그렇다고 겁먹을 필요는 없다. 하고자 하는 마음이 정해졌다면 방법을 찾아야 한다. 어떤 방법으로 시작할 것인가? 학교 학부 형 모임에서 만난 엄마가 하는 방법, 엄마표로 유명한 사이트에서 추천하는 방법, 잘나가는 유튜버의 방법은 또 어떨까? 여러 가지 시도해 볼 시간이나 여력이 되지 않는다면 가장 좋은 방법은 가장 쉬운 것을 택하는 게 정답이다. 내 아이가 아닌 가르치는 나에게 가장 쉬운 방법을 택해야 한다. 그럴듯해 보이지만 복잡한 것은 안 해도 된다. 유행하는 책이라도 내가 읽어주기 어렵거나 맞지 않는다면 과감히 포기하자. 내가 재미없어서 내 아이와 함께 꺼내 보는 일이 별로 없을 것이다. 좋다는 것들 한번은 시도해 볼지 모른다. 다음번 시도를 위해 큰 고민이 된다면 계속 지속할 수 없다. 특히 어렵고 복잡한 방법으로는 오래 하기 힘들다. 내가 잘 활용할 수 있는 손쉬운 방법을 택해야 한다. 그래서 내 경우에는 시디가 있는 영어 동화책을 선택했다.

일단 그 회사의 책이 내가 활용하기에 가장 쉬워 보였다. 가격은 다른 출판사의 책보다 조금 비싸긴 했다. 하지만 노래가 그만큼 밝고 경쾌했다. 자주 들어도 질리지 않을 것 같고 책의 난이도도 쉬워 보였다. 일단 시디에 넣고 틀어주고 함께 율동만 하면 된다는 생각에 마음이 가벼워졌다. 처음에는 십 분을 틀어주고 그다음 주는 이십 분을 틀어주게 되었다. 큰 노력 없이 가능한 일이었다. 처음부터 영어 책을 읽어줄 용기도 없었고 매일 읽어줄 자신도 없었다. 내 목소리로 아이에게 영어로 무언가를 해주어야 한다는 것은 굉장히 부담스러울 수 있다. 나는 내가 정한 방법과 정한 책으로 매일 해나갔다. 무리하지 않고 쉬운 방법으로 시작했기 때문에 슬럼프도 자주 오지 않았다. 영어를 못한다고 발음이 좋지 않다고 포기하는 일은 일어나지 않았다. 듣고 반복하는 시간이 쌓여 갈수록 나의 귀도 영어에 익숙해지고 나의 듣기실력도 향상되어 갔다. 무엇보다 영어 동화책을 읽는 즐거움이 생겼다. 단순하고 짧은 이야기이지만 그 이야기를 좋아하고 감동하게 되었다. 쉬운 방법은 엄마표 영어의 첫 진입장벽을 낮추어 주고 매일 할 수 있는 용기를 주었다.

엄마에게 쉬운 방법을 택했다면 아이에게도 쉬운 방법을 찾아야 한다. 너무 쉬워서 우리 아이만 뒤처진다는 생각이 든다면 그런 마음부터 당장 과감하게 버려야 한다. 영어는 우리나라 말이 아니다. 어려운 영어를 듣는 것은 모르는 잡음을 계속 듣는 것과 같다. 지금의 수준보다 어려운 영어를 하는 것은 옆집 엄마에게 자랑하기는 좋지만 오래가지 못하는 방법이다. 아이가 좋아하는 캐릭터나 흥미가 있는 동물이 있는 쉬운 책부터 찾아내어야 한다. 아이가 어느 정도 아는 단어가 있어야 한다. 영어가 생소하고 낯선데 꼭 어려운 책으로 아이의 마음을 불편하게 할 필요는 없다.

무조건 아이가 쉬워한다고 섣불리 레벨을 높이지 않는 것이 좋다.

레벨이 중요한 것이 아니라 얼마나 그 레벨을 제대로 하고 다음 레벨로 가느냐가 중요하다. 쉬운 것을 반복하려 하는 아이를 억지로 다음 단계의 책을 권할 필요는 없다. 낮은 수준이라도 충분히 시간을 주고 반복하게 하고 노출시간을 주면 자연스럽게 다음 단계로 갈 수 있다. 아이마다 한 레벨에 머무르는 시간이 다르다. 아주 낮은 단계를 쉽게 넘어도 높은 단계에서 오래 머무르는 아이가 있다. 낮은 단계는 오래 했지만 높은 단계는 또 쉽게 건너뛰는 아이도 있다. 각기 다르다. 내 아이 같은 경우도 낮은 단계에서 생각보다 오래 머물러 있었다. 하지만 한번 점프 하기 시작하니 올라가는 속도가 훨씬 빨랐다. 조급해하지 말고 기다려 주면 된다.

첫째도 쉽고 두 번째도 쉬운 것이어야 한다. 엄마가 활용하고 사용하기 쉬워야 하며 아이도 만만하게 따라갈 수 있어야 한다. 쉬워야 엄마도 아이도 지속할 수 있고 포기할 확률도 낮다. 너무 힘들고 어렵게 시도했다면 무조건 쉬운 것으로 바꾸자. 엄마에게 쉬워야 엄마가 지속할 수 있다. 지금 하는 방법이 번거롭고 어렵다면 그냥 바꾸자. 아이에게도 쉬워야 한다. 쉬워야 자신감이 생기고 다음에 또 해볼 수 있다. 오늘까지는 그럭저럭 엄마 눈치를 보며 겨우 해냈다면 내일도 모레도 어려운 영어를 계속해야 한다면 아이는 포기한다. 엄마와 아이에게 쉬운 방법을 찾자. 무조건 쉬운 게 최선이다. 다른 엄마의 어렵고 난해한 방법이 수준 높아 보이고 그럴듯해 보여도 현혹

되지 말자. 쉬운 것을 오래 계속할 때 효과가 나는 것이 엄마표 영어이다.

2. 즐거운 영어가 핵심입니다

처음 영어를 배울 때를 기억하는가? 조기 영어라는 단어도 존재하지 않았다. 영어는 무조건 중학교 입학하면 배우는 것이었다. 새로운 언어를 배우는 것이 아닌 새로운 과목을 하나 더 배우는 것에 지나지 않았다. 다른 과목을 공부하듯이 외우고 익힌다. 그래서 영어는 어렵고 까다로운 과목이며 암기력에 의존하는 과목이라 생각하게 된다. 영어가 한국어처럼 듣고 말할 수 있는 언어라는 사실을 잊게 된다. 문법과 독해만 공부하다 보니 듣고 말하는 영어를 배우지 못했다. 일주일마다 치는 영어단어 시험은 정말 고욕이었다. 안 외워지는 철자를 수십 번씩 써가며 암기를 했다. 틀리는 개수대로 영어 선생님께서 가느다란 막대기로 손바닥을 때리셨다. 손바닥에 막대기가 닿자마자 따끔거리지만 조금만 지나면 열이 나서 손바닥이 뜨거워졌다. 아프기도 하고 창피하기도 해서 피하고 싶었다. 하지만 영어단어는 외워도 외워도 외워지지 않았다. 아무리 외워도 머릿속에 남지 않는 신기한 일만 생기는 것 같았다.

이러한 방법으로 배운 영어는 재미있고 즐거운 것일 수 없었다. 아무리 시간과 노력을 투자해도 영어로 인사하기도 쉽지 않았다. 영어라는 언어를 언어로 배우지 못했고 언어라고 생각하지 못했다. 대학에 들어가면 영어를 다시 만나지 않아도 된다 생각했다. 하지만 영어는 갓 입학한 신입생의 시간표에 버젓이 자리를 차지하고 있었다. 대학 들어갔다고 영어와 이별할 수 있는 것이 아니었다. 취직을 앞두고도 영어시험 점수가 필요했다. 왜 자꾸 영어는 나를 따라다니는 걸까 궁금해졌다. 지긋지긋했다. 영어만 없다면 대학 생활이 유쾌하고 취직 준비도 더 수월할 것 같았다.

취직을 위한 영어 공부는 또 달랐다. 매달 토익시험을 접수했다. 정해진 기준 이상의 점수를 넘기기 위해 치열하게 공부했다. 취직이라는 것을 위한 영어 공부는 더 진지하고 열심히 해야 했다. 매월 비싼 비용을 치르고 시험을 보고 원하는 점수를 얻어야 하는 것은 긴박하면서 고통스러웠다. 더 나은 삶과 생존을 위해서 필요한 것이기에 묵묵히 해내는 수밖에 없었다. 원하는 점수에 도달하지 못하자 불안하고 신경이 쓰여서 밤에 잠이 잘 오지 않았다. 토익점수를 위해 스터디에 들어갔다. 만족스러운 점수를 위해서는 당연한 일이었다. 스터디 멤버들과 개인적으로 친분은 없었다. 비슷한 점수와 비슷한 목표를 가진 것 외에는 공유할 수 있는 것은 없었다. 미리 숙제로 해 온 문제를 돌아가며 답을 이야기하고 설명하는 방법으로 스터디가 진행되었다. 누구 하나 잡담하거나 게으름을 피우지 않았다. 오로지 하나의 목표 때문에 모인 사람들이었다. 과제를 제대로 안 했거나 설명을 제대로 못 하는 멤버는 따가운 눈치를 받았다. 원하는 점수에 도달하기만 하면 인간미 없는 이 스터디를 미련 없이 그만둘 수 있다. 숨 막히는 듯한 긴장과 진지한 분위기의 스터디로 영어점수는 조금씩 올랐다. 하지만 영어에 대한 흥미와 관심은 떨어지고 있었다.

이러한 경험들은 영어에 대한 막연한 두려움을 가지게 했다. 나처럼 가은이도 영어를 재미없어하고 어려워하는 것은 아닐까 걱정이 되었다. 그래서 엄마표 영어는 달라야 했다. 내 아이에게는 영어에 대한 짐과 무게를 내려놓게 하고 즐거운 영어가 되게 해주고 싶었다. 억지로 영어를 해야 하는 상황에 몰리지 않고 영어를 즐거워하는 사람으로 키우고 싶었다. 그렇다면 내가 했던 방법과 방향은 아이에게 맞지 않을 것이라는 생각이 들었다. 내 아이에게 영어가 즐거움이 될 수 있도록 하는 방법은 없을까? 도대체 영어를 어떻게 가르쳐야 하는 걸까? 엄마표 영어의 시작은 이러한 고민에서부터 시작되는 것이다.

그러한 고민의 답은 그냥 즐거운 영어가 되어야 한다는 것이었다.

영어가 즐겁기 위해 무엇을 어떻게 해야 할지를 고민해야 했다. 무조건 쉽다고 중요한 게 아니다. 조금 어렵더라도 즐거움이라는 것이 전제된다면 아이는 어려움을 극복하고 나아갈 수 있다. 너무 쉬워서 배우는데 전혀 스트레스를 받지 않으면 생각보다 빨리 지루해진다. 쉬운 것과 즐거운 것은 다르다. 쉽다고 다 즐겁지 않다. 쉬운 것에 익숙해지고 지속할 힘이 생겼다면 어려운 것을 도전할 수 있다.

그렇다면 어떤 식으로 해야 영어가 즐거울 수 있을까?

나이가 어릴수록 손으로 만들고 직접 해보는 것들을 좋아한다. 내 딸의 경우는 레고를 별로 좋아하지 않았다. 레고 대신에 화장지를 가위로 자르거나 손으로 찢으며 노는 것을 더 좋아했다. 화장지와 가위, 풀만 있으면 한두 시간은 정신없이 놀 수 있었다. 영어책을 읽으면 책 내용에 나오는 것들을 만들고 싶어 했다. 어떤 날은 휴지로 개구리도 만들어 보고 어떤 날은 휴지를 온몸에 감고 공주가 되었다고 하기도 했다. 휴지 하나로 아이는 상상력을 펼치고 자신만의 즐거운 세상을 만들어 내었다.

가장 좋아했던 것은 요리하는 것이었다. 자신이 좋아하는 음식을 스스로 만들어 먹는 것은 어른들도 좋아하는 특별한 일이다. 나도 내가 좋아하는 음식을 맛있게 요리해서 먹는다면 스트레스가 풀리고 기분이 좋아진다. 하지만 음식을 만들기 위해 재료를 손질하고 설거지를 하는 것은 귀찮다. 귀찮고 번거로운 일이 효과는 더없이 크다. 봄에는 딸기가 난다. 아이와 조금 저렴한 딸기를 사서 딸기청을 담기도 했다. 딸기를 씻고 칼로 자르고 설탕을 듬뿍 뿌려서 예쁜 통에 담는 과정이 쉽고 재미있다. 만드는 중간중간에 영어를 섞어서 함께 이야기하는 즐거움도 컸다. 아이가 만든 딸기청을 주변 사람에게 나눠주며 아이는 즐거워했고 뿌듯해했다.

엄마표 영어가 지루해지면 아이와 함께 요리를 했다. 고구마 빵도 구워보고 똥 모양 쿠키도 만들어 보았다. 물론 그 과정에 영어를 중간에 넣어 아이가 자연스럽게 영어를 해보도록 했다. 아이는 당연히 요리와 영어 둘 다를 좋아했다. 아이와 함께 요리하는 것은 시간도 오래 걸리고 집안도 엉망이 된다. 그냥 책 읽고 공부하는 것보다 몇 배의 노력과 힘이 드는 일이다. 하지만 그러한 노력과 힘든 과정들은 절대 배신하지 않는다.

수고로움 없이는 아이가 영어를 즐겁게 느끼게 해줄 방법은 그렇게 많지 않다. 책과 시디로만 학습하게 하는 영어에 작은 즐거움을 더해준다면 지치지 않고 더 오래 할 수 있다.

3. 발음이 어렵다면

엄마표 영어를 하면서 가장 걱정되는 것이 나의 영어 발음이었다. 아이한테 영어로 된 책을 읽어주고 싶어도 발음이 늘 신경이 쓰였다. 경상도식 억양이 영어를 발음할 때 묻어나오는 것이 부끄러웠다. 아이가 내 발음을 듣고 따라 하면 어쩌나 하는 생각에 영어책을 읽어주기가 두려웠다. 우스꽝스러운 내 발음을 듣고 '엄마, 영어는 왜 그렇게 이상해.'라는 말을 아이가 할 것 같아서 두려웠다. 영어 동화책을 읽으며 한없이 작아지는 마음을 느끼며 자존감이 낮아지는 경험을 하고 싶지 않았다. 엄마표 영어의 가장 큰 적은 발음이라 생각되었다.

잠자기 전 아이를 품에 안고 영어책을 읽어주는 엄마의 모습을 상상해보았다. 포근하고 아늑한 분위기에서 아이와 눈을 맞추고 영어책을 읽어주는 것은 멋진 일인 것 같았다. 매일 밤 내가 읽어주는 영어 동화책에 귀 기울이는 아이를 상상하니 기분이 좋아진다. 엄마가 읽어주는 영어 동화책 내용을 상상하고 꿈까지 꾸는 아이가 된다면 바랄 것이 없을 것 같았다. 영어 동화책 읽어주는 엄마 목소리를 들으며 잠이든 아이를 바라보는 마음은 뿌듯하고 흐뭇할 것 같았다. 늘 꿈꿔온 모습이었다. 하지만 영어 동화책을 소리 내어 아이에게 읽어주는 것은 간단한 일이 아니라 귀찮고 부담스러운 일이었다. 몸이 피곤하고 일 때문에 예민한 날은 거르게 되었다. 아이가 감기 기운이 있는 날은 일찍 재워야 해서 할 수 없었다. 삼일을 연속으로 읽어주는 것은 특별한 날에 속했다. 아이를 팔에 안고 영어 동화책이 아닌 드라마를 보고 있는 나를 발견하는 순간이 더 많았다.

순전히 나의 의지가 아닌 발음을 탓하며 피하고 있었다. 피하려고, 하지 않으려고 핑계를 대는 것에 익숙해져 가고 있었다. 강철같은 마음으로 시작한다 해도 지속하는 것은 오래가지 않는 것 같았다. 석 달이 지나자 거의 포기하는 상태가 되었다. 자기 전 아이에게 영어책을 읽어주는 엄마들이 오히려 유별나고 이상하다는 생각까지 들었다. 과연 나의 발음이 이러한 상황을 만들었을까? 발음이 별로라고 매일 하지 못할 이유는 아니었다. 오만가지 핑계만 있고 행동으로 옮기지 못하는 것이 문제였다.

그래도 아이에게 영어를 읽어주고자 하는 마음에 불이 온전히 다 사라진 것은 아니었다. 영어서점만 가면 아이를 위해 읽어주고 싶은 책 때문에 마음을 접기가 힘들었다. 읽어주지도 않을 책들을 보며 왜 그렇게 미련은 떨치기 힘든지 알 수 없었다. 재미있고 그림이 예쁜 영어책은 내 마음을 사로잡고도 남는다. 나도 내 딸에게 영어책 읽어주는 자랑스러운 엄마가 되고 싶다는 마음이 사라지질 않았다. 시도해 보니 현실적으로 너무 힘든 일이었다. 불가능한 것처럼 보이는 것에 도전하는 것은 가슴 설레는 일이다. 그래서, 마음을 접기 쉽지 않았다. 내가 발음만 조금 더 좋다면 아마 사서 못 읽어줄 영어책이 없어 보였다. 영어 서점에서 재미있는 책들을 발견할 때마다 이 책을 아이에게 내가 읽어주고 함께 이야기해 보는 것이 좋을 것 같다는 생각만으로도 가슴이 뛰기도 했다. 하지만 정작 책을 사지도 못하고 서점에서 구경만 하다가 나오게 되었다.

그놈의 발음이 뭣이 그렇게 중요한가? 내가 영어 발음이 구린데 내 아이는 과연 제대로 된 영어 발음을 할 수 있을까? 요즘 세상에 영어 하는 사람들 발음이 진짜 좋던데 나 때문에 발음 안 좋아지면 우리 아이는 어떡하나? 이 부분은 도저히 내가 해줄 수 없는 부분이니 그냥 학원에 가야 할까? 참 많은 생각과 고민을 하게 되었던 부분이다. 영어 잘하는 아이로 키우려다 오히려 부작용이 더 클 것 같아 이도 저도 시도하지 못하고 주춤거렸다. 하지만 다시 나를 일으켜 세운 것은 그래도 포기할 수 없다는 마음과 내 아이의 영어는 내가 가르치고 싶다는 열망이었다.

포기할 수 없고 내 손으로 영어를 가르치고 싶어 시작했으니 죽이 되든 밥이 되던지 한번 해보자는 오기가 생겼다. 시디를 틀고 그 시디를 따라 내가 먼저 쉐도잉을 해보았다. 엄마가 하는 것을 보고 아이도 자연스럽게 듣고 말하기 시작했다. 그전까지 듣는 것만 할 줄 알았던 아이가 따라서 말하기 시작했다. 듣고 따라 하라고 아이에게 강요하지 않았다. 수없이 틀어주고 그렇게 들었던 내용을 따라 크게 말하기 시작했다. 물론 내가 먼저 했다. 발음에 자신도 없고 내가 하는 말소리가 듣기 거북했지만 내가 하지 않는 것을 아이에게 강요할 수는 없었다. 그렇게 한 달이 가고 두 달이 갔다. 아이는 영어 시디를 따라 하는 것을 재미있어 했고 나의 발음도 향상되어 갔다.

신기했다. 고쳐질 것 같지 않았던 나의 영어 발음이 고쳐지고 있었다. 영어 특유의 인토네이션을 터득해갔고 강세 부분도 어렵지 않게 따라 할 수 있었다. 아이들 책의 단순한 문장은 생각보다 어렵지 않게 따라할 수 있었다. 매일 듣고 따라 하니 나의 발음이 자연스럽게 좋아졌다. 쉽고 짧은 문장들이 귀에 잘들어 왔고 짧은 내용들은 반복을 여러 번 할 수 있었다. 쉬운 단어도 제대로 발음하지 못했었는데 아이도 나도 영어를 따라 하고 말하는 것이 어렵지 않게 되었다. 나보다 아이의 발음이 좋아지는 속도가 빨랐다. 아이는 시디에서 들리는 데로 따라 했다. 들리는 데로 똑같이 따라 했다. 영어는 발음하는 것과 철자가 다르다. 그 사실을 알고 있는 나는 발음을 하나하나 찾아보고 확인해야 했다. 철자를 보고 생각했던 발음과 실제 듣는 발음은 달랐다. 그 두 가지 사이에서 혼란과 혼동을 느끼고 있었다. 하지만 아이는 철자를 잘 모르니 그냥 들리는 데로 따라 한다. 그냥 소리에 집중해서 그 소리를 그대로 흉내 낸다고 하는 것이 맞을지도 모른다. 비슷한 시간의 노출과 비슷한 수준의 책으로 시작했지만 아이의 발음이 느는 속도가 훨씬 빨랐다. 다행이었다.

시디를 듣고 따라 하며 발음에 울렁증이 줄어들자 밤에 자기 전 한 권이라도 아이에게 읽어 주려 했다. 아이는 엄마의 발음에 대해 지적하거나 이상하다고 하지 않았다. 그저 엄마와 함께 책을 보며 잠들 수 있다는 것에 굉장한 기쁨을 느끼는 눈치였다. 남편과 나는 일 때문에 평소에는 한 가족이 모이는 일이 쉽지 않았다. '일에 치여서 살고 돈만 벌다가 죽으면 어쩌지'라는 생각이 들었다. 아이와의 즐거운 추억과 의미 있는 일들을 만들고 싶었다. 그중 한 가지가 잠들기 직전까지 아이에게 영어책 읽어주기였다. 처음에는 낯설어하던 아이도 조용히 영어책 읽어주는 내 목소리에 금방 편안하게 잠이 들었다.

생각보다 내 발음이 그렇게 중요하지 않음을 한참 뒤에 알게 되었다. 내 목소리보다 아이는 시디에 훨씬 많은 노출이 되고 있었기 때문에 내 발음을 따라 할 일도 없었다. 시디를 많이 들은 아이는 오히려 엄마의 틀린 발음을 찾아내고 고쳐주기까지 했다. 하지만 엄마의 발음에 대해 아이는 그렇게 불평하거나 예민하게 굴지 않았다. 자신의 발음 때문에 아이에게 영어를 가르치는 것을 망설이는 엄마가 있다면 어서 빨리 그런 착각에서 벗어나라고 하고 싶다. 시디를 많이 듣고 dvd를 많이 본 아이는 절대로 엄마 발음처럼 되지 않는다. 그런 걱정은 할 필요도 없는 것이다. 하루에 한두 권 책 읽어주는 것으로 아이의 발음이 망쳐지는 것이 아니다.

자신의 발음 때문에 엄마표 영어를 할 수 없다고 하는 엄마는 말이 안 된다. 발음 운운하는 것은 게을러서 아이와 엄마표 영어를 안 하겠다는 말로 들린다. 실제로 엄마의 발음이 좋다고 발음이 좋은 아이가 되는 것이 아니다. 엄마의 발음이 나쁘다고 아이의 발음이 나빠지는 것도 아니다. 엄마표로 성공한 엄마 중에 영어에 까막눈인 엄마들도 간혹 있다. 이러한 엄마들은 자신의 부족함과 무지함을 깨닫고 열심히 다른 방법을 찾아 아이의 발음을 향상시켜주었다. 구하려 하고 찾으려 하는 사람에게 하늘은 돕는다. 자신의 발음을 탓하느라 아이와 영어로 즐거울 수 있는 시간을 놓치지 않았으면 한다.

4. 영어 회화 실력이 빵점이라면

영어 발음 문제가 해결되면 영어 회화 실력을 걱정하게 된다. 문제가 되는 것이 아닌데 문제라고 생각하는 것이 문제이다. 나의 발음이 나쁘다고 아이의 발음도 나빠지는 것은 아니니 걱정하지 않아도된다. 영어 회화 실력도 마찬가지다. 회화 실력이 좋은 엄마가 아이를 가르치면 좋겠지만 그러지 않아도 된다. 영어 회화 실력이 좋다고엄마표 영어 다 성공하지 않는다. 영어 회화 못 해도 엄마표 영어는성공할 수 있다.

엄마표 영어를 진행하다 보면 아이의 귀와 입이 영어에 노출되는시간이 길어진다. 그렇게 되면 아이는 귀가 열리고 그 후에 영어 말문도 트인다. 들은 내용을 쉽게 따라 하고 혼자 단어를 영어로 말하기도 한다. 간단한 단어와 문장을 말하면서 점점 회화 실력이 는다.하지만 대한민국의 엄마 중에 아이와 자연스럽게 영어로 대화할 수 있는 사람이 과연 몇 퍼센트나 될까? 나 역시 유창하게 영어 회화를 하지 못했다. 하지만 아이와 간단한 영어라도 주고받고 싶은 마음은 간절했다.

영어로 대화하는 일상을 위해 영어권 국가에서 아이와 시간을 보낼 여유가 있는 사람들도 있다. 가장 빠르고 쉽게 회화 실력을 향상시키는 방법이기는 하다. 하지만 현실적으로 한국을 잠시 떠나는 것은 어려울 수 있고 비용도 만만치 않다. 평범한 삶을 사는 사람들이 아이와 장기간 미국에 머물며 영어를 익힐 수 있는 것이 가능한 일은 아니다. 평생 해외여행을 손에 꼽을 만큼 갈 수 있는 사람들이 더 많다.

엄마표 영어를 하며 아이가 영어를 조금씩 말하기 시작했을 때 고민도 함께 생겼다. 영어로 말하고자 하는 아이와 어떻게든 대화를 하고 싶었다. 내 실력으로 어쩌지 못해 아이와 영어로 대화할 기회를 놓치고 싶지 않았다. 자연스럽게 영어 회화를 공부하게 되었다. 일상에 쓸 수 있는 대화를 한글로 만들고 번역기의 도움을 받아 영어로 다시 만들었다. 만든 문장을 외우고 또 외웠다. 고작 몇 마디 영어라도 내 아이와 해보겠다는 마음이 계속하게 했다. 바쁜 일상이었지만 하루에 영어 대화를 거르고 넘어가는 날은 없도록 했다.

발음이 신경 쓰였지만 무시하고 문장을 암기하는 것에 집중했다. 매일 밥 먹는 것처럼 매일 한 문장 이상 질문하고 답하는 목표를 세웠다. 처음에는 알고 있는 간단한 문장으로 시작했다. 나쁘지 않았다. 내 질문에 아이는 쉽게 답하고 있었다. 별 어려움이 없었다. 괜한 걱정을 했나 싶기도 했다. 한 달쯤 지나니 새로운 문장을 추가해서 대화해야 했다. 이때부터 힘겨운 나와의 싸움이 시작되었다. 동네 산책을 할 때도 영어 문장이 적힌 작은 수첩을 들고 다녔다. 그렇게 외워도 금방 까먹으니 대책이 필요했다. 외우고 까먹는 지루한 반복이 귀찮고 힘들었다. 일단은 내가 영어로 질문해주고 답을 들어 줄 수 있어야 한다는 생각이 들었다.

인터넷을 뒤져 주말에 하는 직장인 영어 회화 스터디가 있다는 것을 알아내었다. 내가 외운 문장도 써먹고 다른 사람 영어도 들어보면 좋을 것 같았다. 일주일 내내 일하고 주말은 쉬지 못하고 영어 스터디에 갔다. 큰 용기가 필요했다. 대학생일 때 회화 스터디에 가서 적응하지 못하고 겉돌던 생각이 났다. 가장 구석에 앉아서 듣고만 있다 슬그머니 사라지는 사람이 나였다.

'굳이 영어 스터디에 들어갈 필요가 있을까?'
시간도 없고 피곤한데 일부러 가야 했던 것은 '아이와 매일 영어로 한 문장 이상 대화하기'라는 목표 때문이었다. 나는 하고자 하는 목표와 이유가 있었다.

일요일 2시 백화점 문화센터의 큰 강의실에서 스터디가 있었다. 기어들어 가는 소리로 소개를 하고 고개도 들지 않고 바로 자리에 앉았다. 맞은 편에 외국인 여자가 앉아 있었다.

'세상에, 여기 외국인이 있다니.'

한국인만 있다고 생각하고 왔는데 파란 눈 금발 머리 외국인이 있었다. 에린이라는 이름의 미국인이었다. 미국인 앞에서 영어를 해야 한다고 생각하니 긴장되었다. 다시 벙어리가 되어야 하나라고 생각하고 있었다. 미국인 외에 열 명 정도 되는 사람들이 있었다. 직업과 영어 실력이 다양했다. 대기업 해외 영업을 하는 영어가 유창한 남자부터 나처럼 유창하지 못한 사람도 섞여 있었다. 하지만 미국인 여자가 가장 마음에 걸렸다.

에린은 큰 덩치에 얼굴은 작았다. 목소리는 작고 빨라서 잘 알아듣기 힘들었다. 생각보다 수줍음이 많아 보였다. 자신의 차례가 올 때까지 주로 경청하는 편이었다.

'생각보다 나쁘지 않은걸. 틀린 문장 말한다고 딴지 걸지는 않겠구나.'

다행이라는 생각이 들었다.

스터디를 통해 듣고 말하는 능력이 조금씩 늘었다. 분위기에 익숙해지니 대화하는 것도 그렇게 힘들지 않았다. 언제부턴가 내가 그렇게 회화를 못 한다는 생각은 들지 않았다. 스터디를 통해 자신감을 얻게 되었다. 가은이와 더 많은 대화를 할 수 있게 되었다.

스터디가 있는 날은 항상 30분 일찍 가서 문장을 암기하고 혼자 연습하는 시간을 가졌다. 그날은 일찍 온 에린이 말을 걸었다. 인사만 하는 사이였다. 몇 달을 지켜 보아왔기 때문에 친절하게 대답할 수 있었다. 사적인 질문이 영어로 오고 갔다. 나이도 비슷했고 사는 곳도 비슷했다. 어렵지 않게 대화를 이어갔다. 미국에 가족들을 두고 온 지 일 년이 조금 넘었다고 했다. 한국어가 서툴러서 영어를 할 수 있는 사람들이 있는 스터디에 오게 되었다고 했다. 에린은 부끄러움이 많았고 조용한 성격이었다. 한국에서 외로움을 느끼고 있었다. 파란 눈의 금발인 그녀도 나와 같은 사람이었다. 에린과 조금씩 가까워지기 시작했다. 시간이 나면 밥도 같이 먹고 커피도 마시는 사이가 되었다.

처음에는 피하고 싶었던 아이와 영어 대화하기가 조금씩 쉬워졌다. 아이의 영어를 잘하게 하고 싶다면 엄마부터 관심을 가져야 하고 공부해야 한다.
엄마의 실력이 아니라 아이는 엄마의 노력과 태도를 보고 배운다.
아이와 엄마의 영어 대화는 수준이 중요한 것이 아니었다. 매일 함께 듣고 말하기를 약속하고 해보려는 시도가 중요했다.
매일 빠지지 않고 해내는 과정에서 실력이 생겨난다.

부족함을 느끼고 극복하려는 과정에서 방법을 찾게 된다.

영어 회화를 잘하고 못하고는 중요하지 않았다. 못해도 내 자식과 영어로 대화하고 싶다는 열망이 길을 찾도록 이끌었고 나는 그 길을 묵묵하게 걸어갔을 뿐이다.

5. 잠자기 전 시간을 활용하라

아침은 시디를 틀어주면서 엄마표 영어가 시작된다. 아이는 일찍 재운다고 일찍 일어나지 않는다. 7시에 일어난 아이는 고양이 세수 하고 아침을 먹는 둥 마는 둥 하고 유치원에 간다. 아침 시간은 생각보다 짧아서 시디를 듣는 것 외에는 다른 것들을 하기가 어렵다. 짧은 동화책 한 권도 읽지 못할 때가 많다.

"책 꺼내 와라. 책상에 앉아야지. 양말은 왜 안 신었니?"
"어제 읽으려고 했던 책이 없어졌어. 엄마가 찾아줘."
"그냥 아무거나 읽어."
"싫어. 그럼 안 읽을 거야."

아이와 티격태격하다 보면 아침 시간 다 간다. 아침부터 아이와 실랑이를 벌이고 잔소리를 하고 나면 나도 모르게 진이 다 빠졌다. 그래서 아침 시간은 시디 듣기만 하기로 했다. 매일 30분 이상을 꾸준하게 흘려듣기 할 수 있는 상황은 가능했다. 할 수 있는 것을 충실히 하기로 했다.

유치원을 마치고 나면 여유가 있었다. 일이 있는 날을 제외하고 별다른 스케줄이 없으면 아이와 함께 시간을 보내는 것에 집중했다. 유치원을 다녀오면 간식을 찾는다. 어차피 저녁을 먹어야 하니 많이 먹이지 못한다. 맛이 중요할 필요가 없다는 생각이 들었다. 영어 동화책을 읽다가 해보고 싶은 것이 있으면 재료를 준비해 두었다가 만들어 보는 시간을 가졌다. The Gingerbread Man(생강과자아이)라는 영어책을 읽고 생강빵을 만들었다. 생강을 많이 넣어 생강 맛이 과했다. 그렇지만 가은이는 '재미있는 맛이 나는 과자'라고 좋아했다. The rainbow fish(무지개물고기)라는 책을 읽고는 남편의 망가진 낚싯대를 작게 개조해서 욕조에 물을 받아놓고 낚시 놀이를 하기도 했다. 가은이는 욕조에 인형과 블록을 다 빠뜨려 놓고 정신없이 낚시 놀이에 빠져들었다. 영어책 한 권을 선정해서 주변에서 구할 수 있는 것들로 할 수 있는 모든 것들을 해보려고 했다. 동화책에 나오는 공주의 옷을 만들어 달라고 해서 천을 구해 함께 만들어 보기도 했다. 점점 만들자는 옷이 다양해져서 결국은 집에 재봉틀을 들이기도 했다. 시간도 들고 번거롭기도 했다.

하지만 가장 좋았던 시간은 잠자기 전 시간이었다. 목욕은 하루의 먼지와 피로를 씻어 내게 한다. 잠옷을 입고 포근한 이불에 아이와 누우면 행복이 따로 없다. 아이의 머리에서 솔솔 올라오는 샴푸 냄새와 달콤한 로션 냄새가 좋다. 나른해져서 금방 잠이 들것 같다. 하지만 할 이야기도 많고 장난도 치느라 금방 잠이 들지 않는다. 빨리 잠이 들어야 내일 일찍 일어나는데 아이는 쉽게 잠들지 못한다. 침대 선반 위에 아무렇게 있던 책을 하나 손에 잡고 읽어준다.

'한 권만 읽어주면 금방 잠들 거야.'

빨리 재울 요량으로 책을 읽어주기 시작했다. 첫날 책은 한글 동화책이었다. 며칠을 반복하니 아이는 무조건 자기 전에 책을 읽어 달라고 했다. 한 권을 읽어주고 두 권을 읽어주게 되었다. 어떤 날은 영어책도 읽어주게 되었다.

My Crayons Talk이라는 책을 읽어주게 되었다. 표지도 산뜻하고 밝은 색감이고 내용은 말할 것도 없이 재미있다. 12가지 색의 크레용을 재미있게 표현하고 있다. 서로 다른 색의 크레용들이 재잘재잘 떠드는 이야기이다.

"엄마, 크레용은 걸어서 나중에 어디로 갔을까?"

"엄마 나는 우주선 크레용이 가장 좋아. 우주선이 되어서 우주로 날아가면 정말 멋질 거야."

아이의 생각 하나하나를 듣는 것이 즐거웠다. 아이의 기발한 생각에 웃음이 나기도 했다.

"가은아 그러면 가은이는 무슨 색이 가장 좋아?"

"What color is your favorite?"

"I like pink."

"Why do you like pink color?"

"I think pink color is so beautiful. I like pink color."

처음에는 영어 동화책에 대해 궁금해하던 아이는 간단한 영어로 말할 수 있게 되었다. 어려운 문장이나 단어를 사용하지는 않았다. 문법에 맞는 문장인지도 자신이 없었다. 하지만 책에 대해 느끼고 생각하던 것을 영어로 이야기해보는 것은 가치 있는 시간이었다.

"엄마 나 어제 크레용을 꿈에서 만났는데 영어로 인사해줬어."

신기했다. 크레용 책을 이야기했던 마지막 날 밤에 아이는 꿈속에서 크레용과 영어로 인사를 했다고 한다. 물론 아이가 아는 영어 단어가 많지 않으니 꿈속에서 크레용을 만나 거창한 대화를 했을 것 같지는 않다. Hello나 Hi정도의 인사를 나누었을 것이다. 잠자기 전 아이와 영어로 이야기하는 시간은 짧지만 강렬했던 것 같다.

아이만 영어 꿈을 꾸지 않았다. 아이와 영어로 한 단어라도 말하고 싶었던 나의 마음이 간절했는지 나도 영어로 꿈을 꾸었다. 영어를 잘하는 유창한 사람들만이 영어로 꿈을 꾼다고 생각했다. 나에게도 그런 일이 생기다니 무척 신기했다. 꿈속에서 외국인을 만나 길을 가르쳐주는 꿈을 꾸기도 했다. 물론 내가 아는 단순한 영어로 대화하는 꿈이었다. 그런 날은 종일 만나는 사람에게 내가 영어로 꿈을 꾸었다고 자랑하고 다니며 즐거워했다. 내 이야기를 듣는 상대방은 뜬금없는 이야기에 별다른 감흥이 없었을지도 모른다. 하지만 나는 종일 기분이 들뜨고 유쾌했다. 일부러 자주 영어로 꿈을 꾸고 싶어 잠잘 때 시디를 틀어 놓기도 하고 일부러 영어책을 크게 소리 내어 읽어 보기도 했다. 영어로 꿈을 꾸는 것은 아이보다 내가 더 좋아하는 것 같았다.

잠자기 전 영어로 아이와 놀아주는 시간은 아이에게도 즐거운 경험이었고 나에게도 특별한 경험이 되어주었다. 피곤해서 눕자마자 잠이 들었으면 아이와 좋은 추억을 쌓지 못했을 것이다. 잠들기 전 아이와 보내는 시간은 생각보다 길지 않았다. 아이와 영어로 조금이라도 이야기해보고자 했던 마음이 그 시간을 만들게 해주었다. 작은 시간이었지만 아이와 나의 마음은 영어라는 공통된 소재로 즐겁고 행복해졌다. 가끔 영어로 꿈을 꾸는 횡재도 있을 수 있기에 시도해 본다면 아무것도 잃을 게 없는 황금 같은 시간이라 생각한다. 지금은 너무 커서 나와 영어로 이야기하는 시간보다 혼자 미국 시트콤을 보며 잠이 드는 것을 더 좋아한다. 이제는 나의 영어 실력을 넘어서 버린 그리고 너무 커버린 아이가 대견하기도 하지만 어릴 적 그 시간이 가끔은 너무 그립다.

6. 남편을 지지자가 되게 하라

내 남편은 영어를 못한다. 자신은 늘 영어와는 거리가 먼 사람이라고 한다. 영어 안 해도 먹고 사는 데 지장이 없다고 생각하는 사람 중 한 명이다. 그래서 아이 영어교육은 나 혼자만의 관심과 고민이었다.

"지금 놀아야지. 무슨 영어 공부야. 가은엄마 그냥 놔둬. 나중에 알아서 다 할 거야."

남편은 늘 이런 식이었다. 아이 영어교육에 도움을 주지 못했다. 크게 바라는 것이 없었다. 남편의 역할은 잠자코 있는 것이 도와주는 것이었다.

내가 할 수 있는 가장 쉬운 방법으로 매일 꾸준히 영어를 해 나가고자 했다. 매일 듣고 시간을 정해 책도 읽어주고 있었다. 시간이 지나면 어렵고 복잡한 것을 하게 된다. 매일 30분 이상 영어 공부하기로 한 계획에 수정이 필요했다. 듣고 읽는 시간을 더 늘려야 한다는 생각이 들었다. 맨 처음 영어를 시작할 당시에는 아이를 친정집에 맡겼기 때문에 시디 듣는 시간을 늘리는 것은 쉽지 않았다. 칠십이 다 되어가시는 친정엄마에게 아이를 맡기는 것도 죄송한데 영어 공부까지 시켜달라고 하는 것은 굉장히 미안스러웠다. 하지만 다른 방법이 없었다. 솔직하게 말씀드리고 부탁을 드렸다. 친정엄마는 걱정하지 말라 하시며 시디는 시간 나는 데로 틀어 줄 테니 너는 하는 일이나 열심히 하라셨다. 오히려 격려해주시고 응원해 주셨다.

주말에는 딸이 우리 집으로 온다. 영어책, 한글책 가리지 않고 많이 읽어주고 싶었다. 그럴 때는 꼭 남편이 옆에서 말썽이다.

"아이는 놀아야지. 뭘 그렇게 많이 시켜."

"가은아! 아빠하고 텔레비전 보면서 치킨 먹자, 울 가은이가 좋아하는 다리는 엄마 주지 말고 너랑 나랑 하나씩 먹자."

남편은 지금껏 사업한다고 내 돈을 많이도 가져다 썼다. 사업 초기이다 보니 성과는 나지 않고 이곳저곳 돈 들어갈 데만 많았다. 크게 바라지 않았지만 아이 교육에 비협조적인 부분은 가끔 짜증이 나기도 했다. 솔직히 내 돈을 축내는 것보다 아이 교육에 대해 비협조적이고 마음이 일치하지 않을 때 더 서운하고 화가 나기도 했다.

주말은 가족이 멀리 여행을 가기도 한다. 그럴 때 가은이가 좋아하는 시디를 몇 개 챙긴다. 서너 시간 걸리는 거리의 여행을 갈 때는 차 안에서 꼭 영어 시디를 튼다. 아이는 자신이 좋아하는 시디를 틀어주니 잠자코 듣고 있었다. 한번은 애니매이션의 대사를 똑같이 따라 해 놀라움을 주기도 했다. 하지만 처음 몇 번은 신경 쓰지 않던 남편은 조금씩 불만을 드러내었다.

"가은엄마 뉴스 좀 듣자. 알아듣지도 못하는 영어 계속 듣고 있으려니 머리가 아파서 운전이 안 된단 말이야."

"가은엄마. 요새 새로 나온 여자 아이돌 그룹인데, 섹시하고 음악도 죽이던데 들어볼래?"

"가은아 영어 시디 듣는 거 지겹지? 이 언니들 노래 엄청 좋은데 가은이도 같이 듣고 싶지?"

남편은 남의 편이지만 이럴 때는 남의 편이 아니라 그냥 원수다. 정작 가은이는 잘 듣고 있는데 왜 그렇게 남편은 불평이 많은지 혹여나 시디를 끄거나 다른 것을 틀까 봐 전전긍긍했다. 하지만 내 표정에서 단호함을 읽었는지 남편은 투덜거리기만 할 뿐 다른 행동은 취하지 않았다.

남편은 왜 어린 가은이가 영어를 해야 하는지 이해를 하지 못했다. 그래서 아주 사소한 영어 시디 트는 것을 가지고도 나와 다툼이 생겼다. 처음에는 작은 다툼이 갈수록 서로의 감정이 쌓이니 커졌다. 나는 무조건 지금 당장 매일 영어를 시켜야 한다 생각했다. 남편은 스스로 필요해서 하고자 할 때까지 기다려 주자라는 입장이었다. 하지만 하고자 할 때는 이미 듣고 말하기가 아닌 학교 성적을 위한 문법과 독해를 해야 한다. 지금이 아니면 이렇게 많은 시간을 듣고 말하기에 투자할 시간은 없다고 생각했다.

그러던 어느 날 남편의 생각을 바꾸는 사건이 생겼다. 남편이 창업한 회사에 계약직으로 프랑스인이 들어오게 되었다. 프랑스인 직원과의 대화는 영어로 해야 했다. 해외어학연수를 다녀온 몇몇 직원과 프랑스인은 잘 지내게 되었다. 하지만 남편은 영어를 할 줄 몰라 힘들어했다. 몇 달을 일하던 프랑스인 직원은 프랑스 고향으로 휴가를 다녀오게 되었다. 회사가 바빴지만, 휴가를 가도록 해준 사장에게 무척 감사해했다. 휴가를 다녀온 프랑스인은 감사를 표하기 위해 자신의 집에 우리 가족을 초대하였다. 한국에서 그것도 프랑스인의 가정에 초대된 우리 가족은 어리둥절했다. 프랑스인 직원은 한국인 아내와 결혼을 해서 가은이보다 한 살 적은 딸이 있었다. 이름은 제니였다. 제니는 국제학교에서 영어로 수업을 받고 있다고 했다. 제니는 한국어보다 영어를 편하게 사용했다.

우리 부부와 프랑스 직원 부부는 어색했다. 두 가족의 의사소통은 한국어도 프랑스어도 아닌 영어로 이루어졌다. 남편은 영어를 못해 제스처로 모든 것을 전달하고 있었다. 하지만 초대해준 사람의 성의를 생각해서 기분 좋은 표정으로 좋은 분위기를 유지하려고 애썼다. 프랑스에서 가져온 물건 들을 구경시켜 주었다. 관심이 없는 물건에 대해서도 크게 기뻐하는 척했다. 프랑스인 직원 아내의 요리도 칭찬하며 맛있게 먹었다. 어색하던 시간이 차츰차츰 편안해졌다. 마음이 편안해지니 혀가 풀렸다. 조금씩 영어를 사용해서 친근감과 내 의견을 표현하기 시작했다. 서투른 영어였지만 고마움과 감사의 표현은 유창한 영어가 아니더라고 전달이 되는 것 같았다.

먹고 떠드느라 잠시 가은이를 잊고 있었다.
"가은아! 어디있니?"
"가은이 제니 방에 있을 텐데요."
화장실을 다녀오다 제니방을 살짝 엿보게 되었다. 가은이는 제니와 인형을 꺼내 옷을 입히고 머리를 빗기며 영어를 자연스럽게 주고받고 있었다. 둘 사이는 무척 가까우면서도 친밀해 보였다.
"가은아, 제니하고 언제 그렇게 친해졌니?"
"엄마 제니하고 영어로 대화하는데 다 알겠어. 제니는 내가 너무 좋데. 계속 놀고 싶다고 다음 주도 자기 집에 인형 놀이하러 오래."
놀란 사람은 남편이었다. 프랑스인 직원의 집 방문을 마치고 집으로 돌아오는 차 안에서 남편이 가은이에게 살며시 물었다.

"가은아 어떻게 그렇게 제니랑 친해졌니? 가은이가 언니처럼 제니하고 잘 놀아주니까 아빠도 너무 기분 좋았어."

"아빠, 엄마가 틀어주는 시디 들어서 그런지 제니가 하는 말이 그냥 귀에 다 들어왔어."

그날 밤 남편이 침대에 누워 말했다.

"가은엄마, 진짜 대단해. 가은이가 영어를 그렇게 하는 줄 몰랐어. 이제 많이 도와줄게. 내가 영어를 못해서 해도 안된다고 생각했는데 당신 방법이 맞는 거 같아.

그 후 남편에게 많은 변화가 생겼다. 어디를 가더라도 차에서는 영어 시디를 트는 것을 당연하게 생각해 주었다. 물론 투덜거림이 완전히 없어지지는 않았지만 줄어들었다. 엄마표 영어를 지지해주고 응원해 주는 남편이 되었다.

7. 뒤늦게 영어 공부하는 엄마

가은이는 중학생이 되었다. 말하고 듣는 영어보다 문법을 더 많이 공부하고 어려운 독해를 공부하는 학교의 영어시험이 더 중요해졌다. 이제 엄마표 영어를 슬슬 접어도 되겠다는 생각이 들었다. 영어 말하기를 잘해도 학교 성적이 나쁘다면 무용지물이다. 영어성적은 영어 교과서 본문을 누가 더 완벽하게 외우는지에 따라 달려있다. 시험 기간에는 암기력이 약한 가은이를 돕기 위해 교과서 내용을 설명해주고 외운 것을 확인하는 것을 반복한다. 생각보다 시간도 걸리고 귀찮은 일이다. 아이와 함께 춤추고 놀던 엄마표 영어를 할 수는 없었다. 아이가 필요할 때만 중학교 공부를 도와주게 되었다.

가은이가 커감에 따라 예전보다 손이 덜 가는 것은 맞다. 중학교 공부는 스스로가 하는 부분들이 더 많았고 엄마보다 친구들이 더 좋아질 나이었다. 엄마에게 온전히 기대던 아이는 스스로 해보는 것이 많아지게 되었다. 내가 해줄 수 있는 일은 많이 없어진 것 같았다.

주말 저녁 거실의 커다란 테이블에서 가은이는 영어원서를 보고 나는 한국어책을 읽고 있었다.

"가은아? 재미있니? 책이 제법 두꺼운데 그냥 대충 보는 거 아니야?"

"아니야, 엄마 이 책이 내용도 너무 좋고 감동적이야. 우리 같이 읽고 어떤 내용인지 뭐가 감동적인지 이야기해볼래?"

"그래, 다음 주 주말까지 다 읽고 만나서 이야기하자."

중학교 2학년이 보는 영어원서를 내가 읽어 내지 못할 이유는 없어 보였다.

'빨리 후딱 읽고 말아야지? 내용이 너무 싱거우려나?'

중학교 2학년이 읽는 영어책이니 쉽게 읽을 수 있다고 생각했다. 오래전에 영어 원서로 공부한 적도 있었다. 전공 서적을 읽는 것은 어려워도 아이들이 읽는 청소년 소설은 어렵지 않아 보였다. 그래서 미리 책을 읽을 생각이 없었다. 하루나 이틀 전날 대강 훑어보면 되는 일이라고 생각을 했다.

가은이와 책을 읽고 이야기하기로 했던 일요일 저녁이 되었다. 쉬운 책이라 만만하게 읽을 수 있다고 생각했었는데 책을 다 읽어 내지 못했다. 다 읽기는커녕 책의 앞부분부터 진도가 잘 나가지 않았다. 무슨 내용인지 감이 오질 않았다.

'어떻게 된 거지? 나는 일반인을 상대로 토익도 가르쳤고 지금은 수능 영어를 가르치는데 이런 책 하나 제대로 못 읽어 내다니?'

알 수도 없고 이해할 수도 없는 상황이었다. 책을 다 읽고 엄마와 책 토론을 기다리고 있는 아이에게 어떻게 설명해야 하나 난감했다. 하지만 속이는 것은 상황을 더 나쁘게 만들 것 같았다.

"가은아. 엄마가 이 책을 제대로 읽지 못하겠어. 이해가 안 되고 책이 잘 안 읽혔어."

"엄마, 영어책 많이 읽어 보지 않아서 그래. 영어 문제집 공부하는 것처럼 하는 게 아니야. 이 책이 이해가 잘 안 되면 더 낮은 책을 더 많이 읽어야 할 거야."

"그래서 그렇구나. 엄마는 너무 쉽게 생각했어."

"근데 나는 엄마가 꼭 이 책 읽어 보면 좋겠어. 유대인 친구를 숨겨주고 도와주는 내용이야. 이 책 읽고 진짜 우정이 무언지 고민해 보게 되었어. 2차 대전 때 유대인들은 정말 고통스러웠을 것 같아."

"가은아, 지금 당장은 힘든 데 엄마가 어떻게 해서든지 이 책 읽고 가은이와 이야기할 수 있게 할게. 그러니 조금만 더 시간을 줘."

이런 대화가 오고 간 다음 날 나는 영어원서를 주문했다. 가은이를 위한 책이 아니라 나를 위한 영어원서들을 주문했다. 물론 가은이와 함께 읽기로 했던 책보다 훨씬 낮은 단계의 책이었다. 책의 레벨부터 책의 종류는 무조건 나의 취향과 수준만을 고려했다. 항상 아이의 책을 주문하고 아이를 중심으로 책 읽기를 해왔었다. 아이는 조금씩 성장하고 실력도 늘었다. 바쁘다는 핑계로 함께 책을 읽지 못했다. 아이만 영어책을 좋아하고 재미있어했다. 두꺼운 책도 곧잘 읽었다. 정작 엄마인 나는 책을 읽지 않았다. 재미있는 책을 엄마와 읽고 함께 나누고 싶어 한 아이를 외면해 왔다.

'그래, 영어 회화 공부하듯이 책 읽기도 함께 해야 했어.'

원서 읽기를 그렇게 시작했다. 짧은 문장인데도 중간에 문맥을 놓치거나 분위기를 이해하지 못하면 내용 파악이 안 된다. 작가의 성향에 따라 사용하는 문장의 구조도 단어도 달랐다. 어떤 작가는 대화체를 많이 사용하기도 했고 또 어떤 작가는 설명을 길게 하기도 했다. 물론 설명을 많이 해주는 작가가 편하긴 하다. 오히려 짧은 문장들이 어려웠다. 중의적이고 함축적이어서 제대로 해석하기 쉽지 않았다. 수능 독해와 문법을 하는 것과 영어원서 읽는 것은 다른 문제였다. 문장구조가 정확하게 구성된 설명문 스타일의 수능 영어에 익숙해져 있었다. 작가가 자신의 개성을 살려 쓴, 자신의 스타일이 녹아 있는 영어책을 읽는 것은 달랐다.

하지만 참고 한두 권 읽다 보니 조금씩 실력이 늘었다. 책을 다 읽어가면 정확히는 아니지만 어떠한 등장인물이 있고 어떤 줄거리인 줄 알게 되었다. 오십 권쯤 읽었을 때 좋아하는 작가와 스타일이 생겼다. 너무 안 읽어지던 순간에서 벗어나 조금씩 이야기의 흐름을 따라 감정도 함께 움직였다. 매일 조금씩 원서 읽기를 했다. 백 권을 읽으니 읽어 내는 속도가 빨라지고 감동의 깊이와 폭이 넓어지게 되었다.

'영어책이 이렇게 재미있었나?'

가은이는 나에게 칭찬과 격려를 아끼지 않는다.
"엄마가 어렸을 때부터 영어로 놀아주고 영어책도 많이 사줘서 지금 내가 영어 잘하는 거야. 엄마 영어책은 진짜 재미있는 게 많아. 엄마도 내가 좋아하는 책 꼭 읽으면 좋겠어."

아직 가은이 수준만큼 되지 못한다. 가은이 만큼 영어책을 읽는데 시간을 투자하지 못했고 읽은 양도 얼마 되지 않기 때문이다. 세 살부터 영어 동화책을 시작으로 뉴베리와 해리포터까지 수백 권의 책을 읽은 가은이를 따라잡기는 힘들다.

하지만
원서 읽기는 새로운 인생의 목표가 되었고 다시 한번 가은이와 소통의 문을 열 수 있게 해주는 열쇠가 되었다. 좋은 책을 함께 읽고 같이 나누는 즐거움은 다른 것에 비할 수 없다.

매일 포기하지 않고 영어원서를 읽고 있다.

가은이에게 부끄럽지 않은 엄마, 가은이와 소통할 수 있는 엄마가 되기 위해 열심히 영어원서를 읽는 엄마가 되었다.

8. 모임을 만들어라

엄마와 아이 둘이서만 영어를 해나가는 것은 힘들다. 시작만 하면 뭔가 될 것 같은데 하다 보면 더 어렵다. 순간순간 그만두고 싶은 유혹도 많고 이유도 없이 하고 싶지 않을 때도 많다. 크고 작은 집안 행사가 있을 때도 엄마표 영어는 뒤로 밀려난다. 피곤하면 피곤하다고 기분이 처지면 처진다고 할 수 있는 날보다 안 할 수 있는 날이 더 많다. 그 이유는 사소한 것부터 중대한 것까지 수백 가지 수천 가지가 넘는다. 처음 시작할 때의 의욕은 생각보다 쉽게 사라진다.

엄마표 영어는 엄마나 아이의 실력이나 재능이 필요하지 않다. 지구력과 끈기가 필요하다. 나도 마찬가지였다. 해내고 싶은 마음은 있어도 현실적으로 꾸준히 하기가 힘들었다.

오늘은 아이가 아파서 혹은 엄마의 기분이 우울해서, 집에 손님이 오셔서, 아이가 피곤해서, 아이가 감기에 걸려서, 남편이 스트레스받게 해서, 아이가 책을 어려워해서, 친구가 놀자고 해서 대강 이렇게만 해도 벌써 몇 개나 된다. 핑계를 대거나 일부러 하지 못할 이유를 찾자고 하면 그 수는 더욱 늘어난다. 지금 아이가 중학생이 되었다. 가장 중요했던 것은 꾸준히 하고자 하는 마음과 성실함이었던 것 같다.

의욕적으로 시작한 일은 별 이유도 아닌 이유로 쉽게 그만두게 된다.

그 이유는 상황과 성향에 따라 다양하다.

엄마와 아이 둘 중의 큰 문제가 아닌 사소하고 별것 아닌 이유로 그동안 어렵게 쌓아놓은 엄마표 영어는 중단된다. 영어 듣기만 조금 하다 그만두는 사람, 영어 말하기 단계로 넘어가기도 전에 엄마 회화 실력으로 포기하는 사람, 말하기가 조금 된다면 우리 아이가 영어를 잘한다고 자만해서 그만두는 사람, 이쯤이면 된다고 그만하는 사람.

잘하기 위해서가 아니라 그만하는 사람, 그만두는 사람이 되지 않기 위해 버텼다.

버티다 보니 아이의 실력이 늘어 있었다.

그만두고 싶을 때는 모임에 가거나 모임을 만들었다.

혼자라면 외롭고 힘든 일이지만 단 한 명이라도 나와 같은 고민과 어려움을 겪는 사람이 있다면 위로가 된다. 함께 엄마표 영어를 해나가는 동지를 만나는 것이 그래서 중요하다. 많은 도움을 얻을 수 있고 조언을 구할 수 있는 사람이면 더 좋겠지만 그런 사람 아니더라도 비슷한 고민을 하는 사람이면 위로가 되었다. 나보다 늦게 엄마표 영어를 시작한 사람이어도 된다. 도와주고 의지가 되어주기 위해 최소한 엄마표를 손 놓지 않을 수 있었다. 특별한 노하우나 굉장한 비법을 서로가 공유하지 않아도 함께 고민 하는 사람이 있다는 것으로 힘이 되었다.

아이가 중학생이 되니 엄마표 영어모임은 자동으로 그 성격이 바뀐다. 아이의 영어를 고민하고 지속하기 위해 모임을 가졌다면 지금은 나를 위한 모임을 한다.

영어는 해도 해도 끝이 없다.
듣고 말하기는 매일 하지 않으면 금방 실력이 준다. 그동안 열심히 노력해온 것을 잃어버리는 것은 한순간이다.
그 나이에 왜 공부 계속하느냐고 묻는다. 이제 아이도 컸으니 영어 좀 안 해도 되지 않느냐고 한다.
엄마표 영어는 내가 가장 힘들고 괴로웠을 때 나를 포기하지 않기 위한 발버둥이었다.
내 아이와 소통하고 웃을 수 있는 소중한 경험이었다.
아이가 중학생이 되었고 정신없이 바쁘던 육아에서 벗어났다.

함께 춤추고 놀던 엄마표 영어 했던 젊은 엄마는 어느덧 사십 중반이 되었다.

경제적으로 가족을 힘들게 했지만 늘 패기 넘치던 벤처 창업가 남편은 후덕한 모습의 백 평짜리 사무실을 가진 대표가 되었다.

엄마표 영어에 몰입하고 집중하느라 힘든 세월 이겨내고 여기까지 왔다.

비싼 레스토랑에서 우아하게 가끔 밥 먹을 여유가 되었다.

목 늘어진 티셔츠 버리고 몸에 맞는 새 옷 사 입을 수도 있게 되었다.

치열하고 구질구질했던 삶이라 생각했는데 돌아보니 열정적이고 순수했던 그때가 좋았다.

어딘가 비어있고 마음이 썰렁하고 허전해졌다.

다시 치열하고 열정적인 나를 찾고 싶었다.

그래서

모임을 만들었다.

할 일이 없어 교양 떨려고 모여든 엄마들의 모임이 아니다. 어렵고 굉장한 것을 하는 것은 아니지만 규칙도 있고 과제도 있다. 매주 모여서 영어원서를 읽고 토론을 한다. 회화 교재를 정해서 함께 토론하고 나누기도 한다. 시트콤을 듣고 녹음해서 올리는 과제도 일주일에 두 번은 해야 한다. 함께 점심도 먹고 특별한 날은 모여서 술도 마신다. 최대한 건전하고 열심히 공부하는 모임으로 유지하려고 한다.

다시 살아갈 이유와 의미를 찾게 되었다.

모임을 통해 영어 공부하고 사람들과 소통하면서 또 다른 삶을 살고 있다.

마치는 글

훌륭한 사람도 특별한 사람도 아니었다.

영어를 잘하지도 않았다.

엄마표 영어는 평범한 엄마가 해낼 수 있는 것으로 보였다.

막상 해보니 쉽지 않았고 성과도 잘 보이지 않는 일이었다. 중간 중간 슬럼프가 왔고 한계에 부딪혔다. 엄마면 다 해낼 줄 알았는데 이름만 엄마표였다.

포기하고 싶어도 포기할 수 없었다.

아이와 나를 이어주는 가느다란 끈이었고 보잘것없는 내 삶을 지 탱하기 위한 마지막 자존심 같은 것이었다. 엄마표 영어는 치열했던 내 삶에서 가장 후회 없는 선택이었다.

엄마표 영어로 아이의 영어를 시켰고 함께 성장해온 엄마로서 가장 중요하다고 생각한 것은 다음 세 가지였다.

첫째 '엄마에게 쉬워야 한다' 아이의 눈높이와 아이의 수준에서 먼저 생각하게 된다. 하지만 엄마표 영어의 주체는 엄마이어야 한다. 엄마가 하기 쉽지 않으면 내일을 기약할 수 없다. 엄마표 영어가 어려운 이유는 엄마가 하기 어렵다는 것이다. 엄마에 의해 아이는 움직인다. 엄마가 가장 자신 있게 할 수 있는 방법을 선택해야 한다.

둘째 '함께 즐거워야 한다' 엄마표 영어는 공부가 아니다. 아이와 엄마가 함께 웃고 떠드는 시간이다. 장난치고 노는 시간이지 진지하게 공부하는 시간이 아니다. 언어를 배운다는 것은 시간과 노력을 오래 들여야 하는 일이다. 지루하고 어려우면 금방 지친다. 엄마도 아이도 함께 지친다. 즐거울 수 있는 방법을 찾아야 한다. 노래하고 춤추고 요리도 하고 숨바꼭질도 하고 게임도 하면서 놀 수 있어야 한다. 매일 새롭게 영어로 놀 수 있는 방법을 찾아야 한다. 영어를 공부하는 방법이 아닌 영어라는 도구로 재미있게 할 수 있는 것들이 찾는 것이 중요하다.

셋째 '포기하지 않는다' 누구나 시작할 수 있다. 누구나 가능하다. 하지만 누가 끝까지 하느냐에 성공과 실패가 달려있다. 시작은 아무나 하지만 끝까지 해본 사람은 별로 없는 게 엄마표 영어다. 엄마의 실력과 엄마의 능력은 포기하지 않아야 빛을 본다. 영어 잘하는 엄마가 성공하는 것이 아니라 끈기 있게 포기하지 않은 엄마가 성공한다.

나는 과연 엄마표 영어에 성공했을까? 내 아이는 영어로 말하고 듣는 것을 어려워하지 않는다. 내가 잘 읽지 못하는 영어원서도 잘 읽어 낸다. 작년에 나갔던 토론대회에서 올해는 1등을 했다. 유명 영어 학원의 간판을 달고 나온 아이들도 참가했고, 학구열이 높기로 유명한 중학교의 학생들도 대거 참여한 대회였다. 내 딸은 다른 사람 도움 없이 당당하게 자신의 영어 실력을 유감없이 보여주었다. 기특하고 고마웠다. 순전히 나와 아이의 노력으로 이루어낸 결과에 눈물이 났다.

하지만

엄마표 영어를 하며 아이와 웃고 울었던 과정과 추억들이 가장 행복한 순간이었다. 엄마로서 살아갈 수 있게 해주었고 내가 해줄 수 있는 아이를 위한 최고의 선물이 엄마표 영어였다.

영어울렁증, 엄마가 해냈다!

엄마표 영어 완전 정복

인쇄일   2022년 2월 21일
발행일   2022년 2월 23일
저 자   김윤경
발행처   뱅크북
신고번호   제2017-000055호
주 소   서울시 금천구 가산동 시흥대로 123 다길
전 화   (02) 866-9410
팩 스   (02) 855-9411
이메일   san2315@naver.com
ISBN   979-11-90046-35-0